www.tredition.de

AF185063

Danksagung :

Dank an meine kluge Mitarbeiterin Tanja,
die das Vorlesen geduldig ertragen hat.

Für meinen geliebten Ehemann, ohne den dieses
Buch nicht entstanden wäre.

Sheila Catz

Weil Sie eine schlechte Mutter ist......

Drei Generationen - eine Familie -
im 20. Jahrhundert

© 2020   Sheila Catz
Umschlag: N.N.
Lektorat: Giorgio Wicklein

Weitere Mitwirkende:
Verlag & Druck: tredition GmbH, Halenreie 40-44, 22359 Hamburg

ISBN :
Paperback   978-3-347-18469-5
Hardcover   978-3-347-18470-1
e-Book   978-3-347-18471-8

Ein bittersüßer Traum...

    durchflutet diesen Morgen
    legt meine Wünsche bloß

    ist warm in mir,
    behütet,
    durchstrahlt den grauen Mittag
    mit zarter Hoffnung.

    blausamtene Trauer
    durchfließt die Dämmerung
    und lässt die Sehnsucht abends
    nach meinem Traumbild
    schmerzlich wachsen.

(Sheila Catz)

Weil sie eine schlechte Mutter ist ...

Drei Mütter - eine Familie - im 20. Jahrhundert

Die Beobachterin aus allen Zeitzonen erzählt über das Leben von Anna, Betty und Mary, die alle einer mütterlichen Linie entstammen:

Anna trat vor dem ersten Weltkrieg sehr jung ins Kloster der Niederbronner Schwestern ein, um als Novizin aufgenommen zu werden. Das geschah zur großen Erleichterung der Eltern, denn Anna war im Umgang in der Familie alles andere als einfach. Männern gegenüber verhielt sie sich abweisend, mitunter richtig barsch. Andererseits war sie eine eifrige Kirchgängerin, weit über das Maß hinaus, das von ihr erwartet wurde.

Betty war zur Zeit des Hitlerregimes Annas Tochter. Sie hatte ältere und jüngere Geschwister. Ihre Mutter führte ein hartes Regiment, verlangte ihren Töchtern bei der Mithilfe im Haushalt viel ab und erwartete große Frömmigkeit.

Mary war zur Zeit des Wirtschaftswunders Bettys zweite Tochter. Sie hatte noch eine ältere Schwester und zwei jüngere Brüder. Das Verhältnis zu ihrer Mutter war von Kindheit an sehr schwierig.

In der folgenden Erzählung sind die drei Frauen- Großmutter, Mutter, Tochter als

 1. oder 2. oder als 3. Generation gekennzeichnet.

3. Generation :

Mary im Gespräch mit einem Psychotherapeuten

Mary, Ehefrau und Mutter von zwei Kindern, berufstätig. Im Raum hörte man das gelegentliche Knarren eines Lederstuhles von Ihrem Gegenüber.

»Wann hat dieses Schuldgefühl angefangen?«

»Beim Betrachten des Fotos von einem Kindergartenfest.«

Es entstand eine lange Pause. Räuspern.

»Wollen Sie mir das erklären?«

»Ich habe Fotos sortiert. Da habe ich mich selbst gesehen. Und sofort kam diese Mutlosigkeit wieder. Ich hatte bei einem Schnappschuss meine Augen nach oben gedreht, die Hände krampfhaft gefaltet zu einer Raute. Vielleicht hatte das meine Tochter geknipst. Und sofort fiel mir wieder ein, wie sehr ich mich fremd fühlte und - na ja - auch langweilte. Ich wollte nicht da sein, nicht das Kindergekreisch und Geplapper ertragen, das hohle Gerede der jeweiligen Mütter. Ich dachte mir dann:

Du müsstest doch stolz, fröhlich, dankbar sein inmitten dieser Menschen, die sich anscheinend wohl fühlen und Spaß haben. Ich fühlte mich einsam, überdrüssig. All das, das sind doch Scheißgefühle. Und dann dieser Kindergartensound, die hohen affektierten Töne der Frauen, dieser gezwungene Optimismus. Und ich hatte zu diesem Zeitpunkt wirklich keinen Nerv dafür. Meine Gedanken kreisten um meinen kranken Mann, um den kritischen Zustand unserer Praxis.«

Ihr Gegenüber räusperte sich wieder.

»Und diese Gedanken fanden sie da nicht angebracht?«

»Ja. Und ich wollte allein sein, nicht Tag und Nacht für die Kinder da sein, die all sorgende immer gütige Mutter geben, das war ich nicht.«

»Das ist doch schon ziemlich lang her, können Sie diese Gefühle jetzt noch spüren?« Sie atmete laut aus.

»Ja, ich glaube schon. Ich fühle mich gerade genauso mies wie damals.«

Durch das zum Garten geöffnete Fenster war ein Rotkehlchen mit seinem süßen schmelzenden Gesang zu hören. Eine Amsel fiel mit lauten Zwitscherlauten ein, es raschelte in der Kletterglyzinie an der Hauswand. Mary bemerkte dies fast automatisch, ihre ganze Aufmerksamkeit konzentrierte sich auf das Gesicht des Psychiaters.

Ihr Gegenüber stand auf.

»Für heute lassen wir es dabei.«

Mary blieb reglos sitzen. Wir lassen es dabei? Ohne Kommentar, ohne ein mitfühlendes Wort? Der Therapeut schrieb, ohne sie weiter anzusehen.

»Dann bis zum nächsten Mal.«

Sie ging steifbeinig hinaus und zu Fuß nach Hause, es war nicht weit. Normalerweise hätte sie auf jeden Vogelruf geachtet, hätte versucht, die einzelnen Exemplare zu bestimmen. Überall waren die Singvögel im Park, der Duft von frisch gemähtem Gras legte sich wie eine Wolke um Mary. Warum wollte ich gleich noch mal eine Psychotherapie machen? Die Stimme ihrer homöopathischen Ärztin war noch im Ohr, die feststellte: `Wir kommen jetzt nicht weiter, wir müssen hier noch psychotherapeutisch etwas tun, bitte denken Sie darüber nach.´ Am Abend stellte sich dann Erleichterung ein. Es gibt keine falschen Gefühle, das ist Unsinn. Doch die Nacht schickte Träume, die sie mutlos machten und ängstigten. Es waren Träume von gefährlichen Autofahrten, bedrohlichen Personen, die sie nicht kannte, Abwärtsstürzen in die Tiefe.

Diese Gespräche wühlten sie auf, am Morgen fragte sie sich, wozu überhaupt aufstehen? Dann kam der unerbittliche innere Marschbefehl:

Für deinen Mann, deine Familie. Du hast einen Haufen Pflichten heute, reiß dich zusammen.

Der innere Diktator wirkte, sie stand mühsam und traurig auf.

12

Anna wartete auf den Seelsorger des Klosters. Sie hatte eiskalte Hände und Füße, ihr war schwindlig. Sie fühlte das Herz bis zum Hals hinauf pochen. Dann versuchte sie, sich zu beruhigen. Ich habe doch gar nichts Böses getan, habe ich etwas Schlechtes gedacht?

In der Kapelle durchzog kalter Wachsgeruch die leicht modrige Luft, Anna saugte sie förmlich ein, es beruhigte sie ein wenig. Dann hörte sie die Beichtstuhltür knarren. Sie konnte im Dämmerlicht wenig erkennen, der Vorhang wurde vom Holzgitter zur Seite gezogen. Sie bekreuzigte sich und sprach die rituelle Formel:

»Im Namen des Vaters und des Sohnes und des Heiligen Geistes, in Demut bekenne ich meine Sünden «.

Sie wartete auf die übliche Frage des Pfarrers. Aber heute schwieg er lange, bevor die Stimme hinter dem Holzgitter erklang:

»Anna, wie lang bist du jetzt schon im Kloster?«

» Drei Jahre, Hochwürden.«

»Und würdest du sagen, du hast deinen Platz gefunden? «

Die Frage traf sie unvorbereitet. Ihre Gedanken flogen wild umher, was bedeutet das denn, wie sage ich das Richtige? Sie war nicht zufrieden, weder mit sich, noch weniger mit den Mitschwestern.

»Ich habe das Gefühl, ich muss noch besser werden, ich glaube, ich bin nicht die Richtige für meine Aufgaben.«

»Du bist doch nach dem Noviziat im Wirtschaftstrakt eingeteilt worden und du machst die Kochausbildung?«

» Ja, aber... das ist so weltlich. «

»Im Noviziat hat es mir besser gefallen, die religiösen Übungen, die Texte der Heiligen, die Sakristei-Pflege, das Schmücken der Altäre und der kleinen Kapelle...

Und dann die frühen Gottesdienste, die Luft ist noch ganz frisch und kühl, das Vogelgezwitscher begleitet mich in die Kirche. Beim Küchendienst kann ich immer erst viel später gehen, ich muss doch das erste Morgenmahl herrichten. «

»Anna, jeder muss seinen Platz ausfüllen, wo er es am besten kann. Und die Novizenmeisterin hat dich in die Küche gestellt, offenbar bist du dafür geeignet. «

Anna hustete mühsam und lange.

»Und du hast doch nächste Woche deine Untersuchung ? «

»Ach das ist nichts.«

Auch jetzt hatte sie wieder gelogen, eine Welle der Scham überflutete sie. Sie fürchtete sich vor dieser Untersuchung, was würde der Doktor dieses Mal finden?

»Was hast du sonst noch zu beichten, was belastet noch dein Gewissen? «

»Ich möchte den anderen oft sagen, was sie falsch machen, aber es kommt immer zum Streit. «

»Anna du musst das Schweigen lernen und die Demutsübungen machen.«

Ein paar lässliche Sünden fielen Anna noch ein, hässliche Gedanken über eine Mitschwester, die sie immer kränken wollte und noch die Sünde des Stolzes - ich bin besser beim Anrichten der Saucen. Ich weiß doch schon so viel, ich habe daheim von der Mutter einiges gelernt.

Nach der rituellen Absolution und den auferlegten Bußgebeten von zehn Vaterunsern, die sie kniend vor der Marienstatue betete, verließ Anna langsam die Kirche. Sie hatte den Kopf gesenkt mit Blick auf den Boden, so stellte sie sich Demut vor; sie bemerkte sehr wohl ihre Mitschwestern, gab aber vor, sie nicht zu sehen.

Draußen blieb sie vor dem großen antiken Spiegel stehen, er war altersfleckig. Aber sie konnte sich erkennen, ihr Gesicht weiß, fast durchsichtig. Die dichten Brauen zusammengezogen, erinnerte sie sich an ein zufällig erlauschtes Gespräch der Eltern.

»Sie wäre ja gar nicht übel, das Gesicht, na ja, sie schaut immer finster, aber wenn sie lacht, mag es ja gehen.«
Ihre Mutter verteidigte sie nicht, es demütigte Anna und tat weh.

»Sie ist nicht so hübsch wie ihre Schwestern, aber ihr Gesicht hat Charakter, wo hat sie bloß die schwarzen Haare her?“
Ja, woher , das fragte sie sich oft. Alle anderen waren blond und hatten helle Augen. Sie hatte zwar grüne Augen, aber die schwarzen Haare waren ungewohnt in der Familie. Und dann dachte Anna, bin ich auch viel zu groß für eine Frau. Wenigstens bin ich nicht dick, trotz des Küchendienstes. - Schon wieder stolz, das ist eine Sünde, sie beschimpfte sich jetzt selbst, ihre Züge wurden steinern, mit zusammengepressten Lippen betete sie wieder.

2. Generation:

Betty beim Hausarzt

»Betty, wie lange sind Sie jetzt schon hier im Dorf?« »Zwei Jahre, Herr Doktor.«

»Haben Sie noch mehr abgenommen?«

»Ja, aber ich habe wirklich keinen Hunger und ich kann so schlecht schlafen.«

»Betty, wie kommen Sie mit Ihrer neuen Familie zurecht?«

»Ach, ich habe doch meine kleine Tochter, ich stille noch, und die anderen, na ja - ich versuche nicht hinzuhören, wenn sie ... wenn sie - wieder unfreundlich sind.«

»Ihr Mann ist noch in Gefangenschaft?«

Betty hielt den Atem an, als könnte ihn allein der Gedanke, das er nicht wieder käme, in der Ferne töten.

»Sie haben doch genug zu essen, ich meine die Familie ist doch gut versorgt mit Metzgerei, Landwirtschaft, Gasthof, Wald, Fischteichen?«

»Ja, meine Schwiegermutter sorgt sich um mich, sie meint, ich darf nicht noch mehr abnehmen.«

»Sie ist gut zu mir.« Soweit die anderen Hexen das zulassen, dachte sie und holte wieder tief Luft. Ihr fielen die Gehässigkeiten ein, die sie gestern wieder mit anhören musste, auch der Schwiegermutter gegenüber, die ihr klein und wehrlos vorkam.

»Also zu essen haben Sie, die Kleine ist gesund, warum schlafen Sie so schlecht?«

»Ich denke an meinen Mann, er ist seit einem Jahr in russischer Gefangenschaft, der Krieg ist doch zu Ende, alle anderen Männer im Dorf sind daheim, und er kommt nicht.«

Jetzt konnte sie das Weinen nicht mehr aufhalten, das harte Schluchzen erschreckte sie selbst. »Ich wäre doch nie von der Stadt hierher gegangen, hätte ich gewusst, dass ich hier so lange allein bin.«

»Brauchen Sie wieder etwas zum Schlafen?«

»Ja, ich muss wieder mal schlafen.« Der Doktor betrachtete Betty nur kurz.

»Ich gebe Ihnen ein Brompräparat, das beruhigt auch.«

»Falls die Kleine nachts weint, würde das jemand hören?«

Alle, alle, dachte Betty, alle, die wollen mich als schlechte Mutter sehen, sie belauern mich.

»Ja meine jüngere Schwägerin würde es hören, die nimmt die Kleine oft tagsüber, wenn ich Kundinnen frisiere.«

Ich sollte dankbar sein, dachte sie, dass Katie die Kleine nimmt, aber das lässt sie mich auch spüren, ich kann nichts richtig machen. Und dann plötzlich kam die beschämende Erkenntnis: Ich frisiere auch lieber die Haare der Kundinnen, das Kind kostet mich zu viel Nerven, ich bin sicher keine gute Mutter. Und außerdem hatten die auch mal ein gutes Wort für mich und lobten die neue Stadtfrisur, die Betty ihnen geschickt gezaubert hatte.

»Sie müssten allerdings abstillen, wenn Sie das Schlafmittel nehmen.«

»Das wird schon gehen, ich stille jetzt doch schon über ein Jahr«. Wenigstens die Last ist weg, dachte sie, da habe ich jetzt einen Grund.

Auf dem Heimweg liefen ihr wieder die Tränen herunter. Sie ging langsam ins Dorf zurück, der Weg zog sich ermüdend hin, ihre Gedanken kreisten um das Erlebnis vergangene Nacht. Obwohl der Tag für Anfang Juni warm war, fror und zitterte sie. Die Abendsonne flirrte durch die dichten graugrünen Erlenzweige, der warme Wind trug den Duft von Lindenblüten und Betty brach plötzlich in Schweiß aus.

Letzte Nacht war sie leise die ausgetretenen Steinstufen in den muffigen Keller gestiegen. Sie hoffte, dass keiner sie bemerken würde. Sie wollte Elsie suchen, ihr Lieblingshuhn, das sie den ganzen Tag nicht gesehen hatte. Wieder etwas, was sie in den Augen der Verwandtschaft nicht auf die Reihe bekam:

 Auf ein paar Hühner aufzupassen.

Als Betty im Bett liegend sich alle Orte vorstellte, wo Elsie sein könnte, war ihr der Keller eingefallen. Sie schlich an der Kleinen in der Wiege vorbei und machte sich auf den Weg. Aus der Wirtsstube kam grobes Gelächter und Johlen. Sie krampfte ihre Hand in das Nachthemd und tappte im Dunkeln die ausgetretenen Stufen hinunter.

Betty stieg ungern in den Keller. Sie fürchtete sich vor den Geräuschen und Gerüchen. Das gesamte Anwesen war unterhöhlt, das Wasser tropfte von den Wänden, ihre Schwiegermutter erzählte immer wieder von den Kellergängen. Die führten bis zur Schlossruine, die noch teilweise intakt waren, alles Relikte aus den Schwedenkriegen. Und wahrscheinlich führten sie bis zur Stadtfestung, Auf diesem Weg wurden damals die Belagerten versorgt, das mussten doch etliche Kilometer Gänge sein, ob die noch alle begehbar waren? Und wenn man da durchgehen konnte, das war ja auch in ihre Richtung möglich, oder? Diese Gedanken gingen Betty durch den Kopf und verstärkten noch ihre Angst.

Mist, sie hatte vergessen, ihre Eier einzuschließen. Alles musste eingeschlossen werden, so was Blödes. Das Kostbarste im Keller verwaltete ihre Schwiegermutter: Die Buttervorräte.

Aus modrigem Dunkel drangen Stimmen zu ihr hinauf.

Nach einer Weile erkannte sie, wer da flüsterte. Katie und Martha waren da unten, vielleicht auch Elly. Sie blieb stehen und konnte jetzt einzelne Satzfetzen verstehen.

»Nimm nicht so viel, dir wird schlecht«.

»Du brauchst reden, du hast doch schon mindestens ein halbes Pfund gefressen«. Betty hörte Schleifgeräusche, als würde etwas Schweres über den Boden gezogen.

Es war das Schleifgeräusch vom Butterfass. Sind die an den Buttervorräten? Ihr Herz klopfte wild, sie konnte kaum atmen.

Eine Welle der Übelkeit überflutete sie, ihr Herz schlug bis zur Kehle, ihre Hände und Füße waren eiskalt und sie wurde stocksteif.

Die Butter war rationiert, es waren sehr schlechte Zeiten, die Schwiegermutter musste für 15 Personen Lebensmittel einteilen. Immer wieder klagte sie, dass etliches fehlen würde, vor allem Butter.

Jeder verdächtigte den anderen, Betty war schon oft die Zielscheibe von Anschuldigungen der beiden Schwägerinnen gewesen, manchmal machte auch Elly mit, je nach Laune.

Betty fror und konnte nicht richtig klar denken. Elsie war bestimmt nicht da unten, die anderen hätten sie schon längst hochgejagt. Sie löschte zitternd die Petroleumlampe und zog sich ganz langsam an der rissigen Wand nach oben zurück, darauf bedacht, ja kein Geräusch zu machen. Oben wurde die Tür zur Gaststube aufgerissen, mit schweren Schritten tappte jemand nach draußen zur Pissrinne, der Wind schlug die Haustür zu.

Jetzt erst merkte Betty, dass sie am ganzen Körper zitterte, sie hob mühsam die Füße auf den schmutzigen Fliesen, um an die Treppe zum Oberstock zu kommen. Dort sank sie in sich zusammen, sie fühlte einen Kloß im Hals, der Herzschlag war noch schneller geworden und sie merkte, dass sich der Boden unter ihr drehte.

Dann hörte sie schwere Schritte auf der Kellertreppe. Ich muss weg, die finden mich sonst. Sie klammerte sich an die Stufen, schob sich langsam hinauf.

Die Stufen waren ausgetreten und richtige Stolperfallen. Das fehlt mir noch, dass die mich hier ertappen.

Dann stimmte das doch, dass die Vorräte gestohlen wurden. Ihre eigenen Leute? Nein, das sind nicht meine Leute, entschied sie. Sie haben mir das bei der Schwiegermutter anhängen wollen. Drecksbande, fressen die Butter blank und die anderen haben das Nachsehen.

Schließlich fiel sie in ihr Bett, eiskalt, die Kleine neben ihr atmete laut und machte kleine Schnarchgeräusche.

Während die Erinnerung an die vergangene Nacht wie ein Film vorüberzog, stieg ihr beim Heimweg ins Dorf das Schluchzen in der Kehle hoch, sie konnte es nicht unterdrücken. Es waren noch etliche Kilometer. Ich muss die roten Augen wegkriegen, es werden sonst alle sehen.

Ich werde mich wehren, ich werde sagen, was ich gehört habe. Ja und dann?

Würde sich die Schwiegermutter gegen ihre Töchter stellen? Und wie würden die 4 Söhne reagieren, die schon aus dem Krieg daheim waren, während sie noch auf ihren Mann warten musste?

Nein, die hatte schon genug Kummer, sie sah zur zeit richtig krank aus. Das ist ja lächerlich, dass ich die Butter gestohlen hätte, mir schlottern die Kleider am Leib, die Schwägerinnen wiegen fast das Doppelte von mir.

Jetzt tauchten die ersten Häuser auf, Betty war erleichtert, sie wischte sich mit ihrem Taschentuch das Gesicht ab. In den Flüchtlingsbaracken, an denen sie vorüberging, wohnten fast nur Frauen. Sie schauten auf, prüfend und misstrauisch, als Betty langsam vorbeiging.

Einige standen hoch geschürzt an ihren Waschbottichen, die schlecht bezahlte Feldarbeit war geschafft, jetzt folgte die Plackerei mit der Hausarbeit.

Eine erkannte sie und sprach sie an.

»Betty, hast du wieder Arbeit für mich?«

»Nächste Woche Leni, heute nicht.«

Leni war Weißnäherin und konnte richtig gut kochen, obwohl sie noch so jung war. Mit hängendem Kopf drehte Leni sich um, der Boden knirschte unter ihren Holzschuhen, als sie zur Baracke zurück schlurfte.

Dass Leni bei ihr arbeitete, wurde von der Verwandtschaft nicht gern gesehen. Das sind doch alles Zigeuner, Betty hatte die Stimme ihres Schwagers im Ohr, die stehlen doch nur.

Zigeuner? dachte Betty, die kommen doch alle aus Schlesien, sie können wunderschön sticken, stricken, klöppeln. Betty verstand nicht immer ihren Dialekt, aber ihr gefiel die singende Sprechweise.

24

3.Generation:

Mary sprach mit dem Therapeuten

»Was ist eigentlich Ihr größter Wunsch?

„Frei zu sein".

„Frei von Mann, Kindern, Beruf?«

»Nein, nein. Um Gottes Willen, mein Mann ist das Wichtigste in meinem Leben. Aber ich fühle mich so belastet von den ständigen Pflichten, auch von Angstgefühlen, die werden nicht weniger, sondern mehr. Wenn ich morgens aufwache, kann ich mich nicht von den ständigen schweren Gedanken befreien, das wird erst besser, wenn ich aufgestanden bin und den Alltagstrott erledige.«

»Was sind das für Gedanken?«

»Ach die wechseln. Früher war es immer der ständige Existenzdruck der Praxis, was wird heute wieder sein, wer fällt aus, was kommen für Beschwerden, haben die Kinder Mist gebaut?

Und jetzt, wer wird von uns beiden zuerst gehen, was wird mit unserem Sorgenkind und dessen Scheidung, war ich nicht lange genug im Geschirr, jeder Tag - vor allem im Winter - ist so ohne Höhen und Tiefen. Ich fühle mich gefesselt, innerlich und äußerlich.

Und dann möchte ich mich mal wieder ganz schmerzfrei bewegen.«

»Aber Sie haben doch ihre Krankheit gut im Griff?«

Oder die mich, dachte Mary, was weiß ich, wer oder was mich steuert.

»Ja, ich habe mich mit ihr arrangiert, aber die Krankheit ist wie ein Chamäleon, sie kommt heute so und morgen so daher.

Oft habe ich stundenlang Schmerzen in den Beinen, dann verschwindet das wieder und taucht am nächsten Tag in den Armen oder am Rücken auf. Es kommt urplötzlich, ich kann gar nichts dagegen machen. Es gibt Tage, da denke ich, ups heute geht es doch ganz gut. Und als sollte ich bestraft werden, sieht der Nachmittag völlig anders aus als der Vormittag.«

»Dazwischen gibt es schon mal schmerzfreie Stunden oder einen halben Tag. Ich tue ja auch viel dafür.«

Mary registrierte mal wieder ihre große Spannung in den Beinen und versuchte eine andere Sitzposition. Sie fühlte sich angespannt, wie bei einem Verhör und wusste, das war nicht hilfreich bei einer Therapiesitzung. Aber ich kann gar nicht anders, ich will mich unter Kontrolle haben. Aber muss ich wirklich meine Worte abwägen, sortieren und auf Wirkung prüfen? Das ging ihr immer wieder durch den Kopf.

Wieder versuchte sie, eine Reaktion bei ihrem Gegenüber zu entdecken. Sie dachte:

Ich kann in diesem emotionslosen, gelassenen Gesicht nicht lesen. Ich bräuchte Bestätigung oder Einwände oder Kritik, nicht dieses lauwarme Gerede. Das hilft mir nicht, ich drehe mich doch auch hier nur im Kreis.

Sie war bei einem männlichen Therapeuten gelandet, aus Erfahrung wusste sie, dass bei weiblichen Gesprächspartnern oft Unverständnis oder auch Neid, Missbilligung auftauchte.

Jetzt war sie in ihre Gedanken eingesponnen, sie hörte die Stimme des Therapeuten nur wie von ferne. Auf die mehrmals wiederholte Frage reagierte sie endlich.

»Gibt es denn noch andere Themen, die sie belasten?«

»Na ja, - die gesellschaftlichen Pflichten. Früher waren das Kindergarten und Schulveranstaltungen, oder berufliche Fortbildungen mit viel small talk und öden Gesprächspartnern, die sind Gott sei Dank vom Tisch. Aber jetzt sind es Essenseinladungen, auch Verwandtschaftsbesuche.

Ich bin überall fremd, ich fühle mich nicht verstanden, die anderen spüren das auch und lehnen mich ab. Ich habe keine Lust, endlose Berichte über die Kreuzfahrten anderer Leute zu hören oder Videos von Mutter vor und hinter der Kirche anzuschauen.

Es interessiert mich nicht die Bohne, wie viel beste Freundinnen wieder zu Besuch waren oder wie viele hohe Geburtstage anstehen.

Das ist für mich Zeitverschwendung, ich fürchte, die anderen spüren meine Einstellung, auch wenn ich das nie sagen würde. Wenn ein Gespräch interessant wird, über Politik oder Wissenschaft oder über meine ornithologischen Interessen, dann wird das viel zu oft von absoluten Banalitäten unterbrochen, eben meistens von Frauen, die sich offensichtlich dabei auch langweilen. Am schlimmsten sind die Gespräche über die neuesten Arztbesuche und Befunde, die jeweiligen Krankheiten oder wie schwer es die anderen haben.

Mir fehlt es eben an Interesse und wohl auch an Mitgefühl, das ist alles schon beruflich aufgebraucht worden.«

Mary hatte jetzt hochrote Wangen, sie hatte sehr schnell und lebhaft gesprochen, ohne die übliche Vorsicht. Sie konnte in ihrem Gegenüber ein mildes Interesse erkennen. Schon bereute sie, so viel preisgegeben zu haben, die Quittung würde ihr sicher bald präsentiert werden.

Ich bin wie ein seltenes Tier im Zoo, ging es Mary durch den Kopf, es schaut erstaunt auf die Besucher und die Besucher staunen zurück.

»Haben Sie sich denn schon immer so ausgeschlossen gefühlt?«
»Ja, schon seit der Kinderzeit.

Mein Vater hatte immer Angst vor Entführungen, wir bekamen viele Drohbriefe, vor allem nach einem tödlichen Unfall eines Kindes, den einer unserer Fahrer verursacht hatte.

Meine ältere Schwester kam mit zwölf ins Internat und ich wurde zur Schule gebracht und abgeholt. Damit wurde ich isoliert und es gab natürlich Neid. Wer wurde denn damals schon mit dem Auto gebracht, oder welche Eltern fuhren dreimal im Jahr in Urlaub? Niemand sonst hatte zuhause eine Köchin oder ein Kindermädchen. Wenn ich wirklich mal zu Fuß unterwegs war zur Schule, dann wurde ich regelmäßig verprügelt von den Jungs aus der Klasse. Einmal hätte ich fast mein rechtes Auge verloren, ich bekam einen Schneeball mit einem Stein drin direkt aufs Auge. Ich konnte vier Wochen lang auf dem Auge nichts sehen, ich musste in der Uniklinik behandelt werden. Da kam auch dann... heute würde man sagen... das Mobbing zutage.

Dieses Auge ist auch jetzt noch immer ein Thema. Vor zig Jahren hatte ich im Labor einen Unfall mit einem Instrument direkt ins Auge und jetzt der Augeninfarkt.«

Jetzt rede ich doch auch nur von Krankheiten, dachte Mary, ich bin auch nicht besser.

Aber kann ich meine Krankheiten einfach wegdrücken im Gespräch? Sie gehören zu mir, sie haben mir viel abverlangt an Zeit und Wissensforschung und starker Selbstbeherrschung. Mary war jetzt in Fahrt, sie redete hastig und ohne lang nachzudenken.

»Und dann konnte ich natürlich mit meinem Wissen, was ich da gelesen und gehört hatte, nicht den Mund halten, ich hielt anderen lange Monologe schon als Schulkind - über die Zonengrenze, oder die Kommunisten, alles Wissen natürlich von zuhause und aus Büchern. Das kam auch bei Lehrern und Mitschülern nicht gut an.

Ich habe als Kind und Jugendliche Wissen wie ein Schwamm aufgesaugt, ich war nachmittags stundenlang nicht auffindbar, immer versteckt mit einem Buch auf den Knien. Zuhause wurde das natürlich als Drückebergerei von den Pflichten gesehen. Aus heutiger Sicht war das für mich Flucht aus der Wirklichkeit.«

»Möchten Sie denn von den anderen verstanden werden?«
»Nein, das wäre jetzt für mich eine Last.«

»Respektiert ja, das wäre schön. Ich brauche Abstand, Distanz verstehen Sie?«

Der Therapeut schaut sie lange und sehr nachdenklich an, Mary wurde es ganz heiß im Gesicht. Schon wieder meine Arroganz, mein Stolz oder was auch immer, das war schon im Kloster so.

»Schreiben Sie doch bis zum nächsten Mal die Gelegenheiten auf, bei denen Sie sich verstanden fühlten, abgesehen von Ihrem Mann.«

Dieser Auftrag beschäftigte sie auf dem Heimweg mehr, als sie selbst zugeben wollte.

Wo fühle ich mich eigentlich wohl? Im Wald, im Park, im Garten, wenn ich den Vogelstimmen lausche. Sie wurde nie müde, die Arten zu bestimmen. Sie beobachtete Spatzen in der flimmernden Hitze, die ein Sandbad nahmen, aufgeregt tschilpend.

Wo ich mich verstanden fühle? Das ist nicht an eine Person gebunden, dachte sie. Es sind Bücher, die in mir etwas berühren, anklingen lassen. Es sind die Erfahrungen, die ich mit den jeweiligen Autoren teile, eine Art Seelenverwandtschaft.

Sie setzte sich auf eine Parkbank, als sie ein rotbraunes Eichhörnchen entdeckte, das war wohl auf der Suche nach Eiern aus den Vogelnestern und huschte von einem Holundergebüsch zu großen Stauden. Heiseres Hundegebell verscheuchte das Eichhörnchen, Mary stand auf und ging mit schnellen Schritten, obwohl ihre Beine schmerzten, nach Hause.

1. Generation:

Anna sprach mit der Oberin und dem Beichtvater

Anna saß zusammengesunken da, die Augen auf den Boden gerichtet, als erwartete sie ein Urteil. Und wahrscheinlich ist es eins, fuhr es ihr durch den Kopf. Der Doktor hat mich merkwürdig angeschaut, auch seine Schwesternhelferin, so bedeutungsvoll. Und die Novizenmeisterin hatte da noch strenger gewirkt als sonst.

»Anna wir haben jetzt die Untersuchungsergebnisse vom Krankenhaus, von den Aufnahmen, die der Doktor dort eingereicht hat.«

Es entstand eine Pause, sie hörte Stuhlrücken auf dem Steinboden, es war sehr kalt im Besprechungsraum, trotz der Sommertemperaturen draußen.

Jetzt kam die Stimme der Oberin, tonlos mit schleppender Stimme.

»Anna du hast eine ernste Erkrankung. Du kannst nicht im Kloster bleiben, diese Krankheit ist sehr ansteckend.«

Durch das offene Fenster drang das Klappern einer Grasschere. Annas Kopf war plötzlich ganz leer, sie konnte sich kaum rühren, es war, als würde sie sich unter Wasser bewegen. Ein erstickender Hustenanfall schüttelte sie, sie bekam kaum Luft.

Als sie sprechen wollte, merkte sie, dass sie nur unter Mühen ihre Stimme unter Kontrolle hatte. »Was habe ich denn?«

»Tuberkulose. Genauer gesagt, Lungentuberkulose. Wie lange schon, weiß man nicht. Du musst das Kloster sofort verlassen, du darfst auch ab jetzt nicht mehr in die Küche.«

»Wo soll ich denn hin?«

Sie schrie es fast, mit hoher Diskantstimme.

»Anna, wir haben Krieg wie du weißt. Es wird nicht leicht werden, dich gut unterzubringen.«

Anna hatte natürlich die Rationierungen miterlebt, auch das Kloster blieb davon nicht verschont. Die Reisebeschränkungen hatten sie bisher kaum interessiert, sie hatte ja hier im Kloster ihren Platz. Hier gab es auch eine kleine Abteilung für verwundete Soldaten, die wurden nach der ersten Versorgung gesund gepflegt. Aber von diesen Gebäudeteilen hielt sich Anna fern, sie wollte die Amputierten und die Blinden gar nicht sehen, die jagten ihr Angst ein. Einmal hatte sie ein Blinder angesprochen, er bat sie, zum Verwundeten Trakt geführt zu werden. Anna tat es, aber mit wachsender Panik, sie wollte keinen fremden Mann berühren.

Die Stimme der Oberin klang jetzt ganz sachlich:

»Wir sorgen für dich. Du fährst noch heute Abend mit dem Nachtzug in die Schweiz, du weißt doch, wir haben da ein Ordenshaus, ziemlich hoch gelegen auf 1200 Metern. Dort kommst du in die Obhut eines Arztes, er wird dich behandeln, du wirst wahrscheinlich gesund werden, du bist doch noch so jung.«

Und wenn nicht, wenn nicht? Die Gedankenmühle drehte in ihrem Kopf. Ich habe mich versündigt, warum würde ich wohl sonst so bestraft werden. Keiner in meiner Familie hat so etwas, alle sind sie gesund. Ich bin doch erst 20, soll ich jetzt schon sterben?

Jetzt drang die Stimme der Oberin zu ihr durch.

»Anna, du musst dein Schicksal, diese Prüfung, in Demut annehmen. Wir werden deiner Familie einen Brief schreiben.«

Der Beichtvater blickte ihr jetzt direkt ins Gesicht, er wollte ihre Aufmerksamkeit haben.

»Anna, du kannst heute noch beichten, bevor du fährst. Du hast bestimmt nachher noch Fragen.«

Fragen dachte Anna, ich brauche Trost, ich brauche Mitgefühl, wer kann mich hier verstehen?

Sie ging in die Kirche, setzte sich schwerfällig in die Bank. Du musst knien, sagte ihre innere Stimme, der Herr Jesus hat am Kreuz gelitten unter Schmerzen, was ist da schon eine TBC?

Warum werde gerade ich damit gestraft? Du bist zu stolz, zu ungestüm, ordne dich endlich unter. Und wenn ich sterben muss? Wir müssen alle sterben, früher oder später, dann kommst du vielleicht ins Paradies. Anna waren solche Selbstgespräche vertraut, aber gerade heute empfand sie die vertrauten Sätze ohne Inhalt, ohne Gefühl, wie eine gemurmelte Anweisung.

Das ist alles so ungerecht, ich habe doch nichts verbrochen. Und wo habe ich mich angesteckt, da müssen doch noch mehr krank sein, zu Hause hatte das niemand.

Dann wurde ihr inneres Klagen durch praktische Gedanken unterbrochen. Du musst jetzt packen, ach verabschieden kann ich mich von den anderen auch nicht, kein Körperkontakt.

Sie hatte schon jetzt Sehnsucht nach diesem Ort und war noch gar nicht abgereist.

Plötzlich fehlte ihr die Mutter, die hatte sie schon monatelang nicht mehr gesehen, ganz nach der Ordensregel. Dabei war ihre Mutter eher eine wortkarge Person, lachte nicht oft, es gab auch keine Berührungen. Würde ich, wenn ich Kinder hätte, auch so hart sein?

Sie zwickte sich schmerzhaft in den Oberschenkel. Lass diese Gedanken, - Kinder, das ist ja die Höhe, du bist Ordensfrau und jetzt so ansteckend, dass keiner dir die Hand geben will. Anna dachte an ihre vier Schwestern, alle waren sie in Stellung, waren versorgt, anscheinend waren sie mit ihrem Leben zufrieden, die älteste hatte schon einen Verlobten.

Nur ich, ich wollte mein Leben Gott weihen, was wird jetzt aus mir?

Im katholischen Jungfrauenverein, im dem sie früher Mitglied war, wurde oft über diese Themen gesprochen. Sich rein zu halten z.B. oder wie man ehrbar einen Mann findet. Es gab da auch viele religiöse Veranstaltungen, die Anna sehr gefallen hatten.

Zuhause wurde das ständige Besuchen von Veranstaltungen eher mit Skepsis gesehen.

Das Urteil des Vaters: Reine Zeitverschwendung, arbeite lieber.

Ihre Mutter war zurückhaltender, betrachtete aber die Frömmigkeit von Anna als vorübergehend. Für alle war der Entschluss von Anna, ins Kloster zu gehen, keine große Überraschung.

Sie hatte dann in dieser Zeit des Noviziats viele Träume, die sie verstörten. Sich Jesus als Braut zu weihen, auf den Erlöser zu warten, sich ihm hingeben, alles ihm zu opfern, all das waren Träume, aus denen sie bestürzt aufwachte. Sie nahm ihr

Verlangen in ihrem Geschlecht wahr, ohne genau zu wissen, was da vor sich ging. Einmal hatte sie in der Beichte dies angesprochen, wurde aber sofort unterbrochen mit der Mahnung, dem Satan kein Eingangstor zu bieten.

Ich muss wohl schlecht und sündig sein und jetzt habe ich die Quittung.

Das machte Anna immer unzufriedener und barscher.

Sie hasste das Lachen der anderen, ihre fröhliche Unbeschwertheit, das Singen der Kirchenlieder bei der Arbeit. Das ist doch ein Sakrileg, Kirchenlieder bei der Arbeit zu singen, so dachte sie oft.

Zuhause bei ihren Schwestern war sie mit deren Unbeschwertheit ganz schlecht zurechtgekommen. Immerzu hatten die zu lachen und zu gickeln, sich kleine Geheimnisse erzählt aus den Gasthöfen, in denen sie arbeiteten.

»Ach Anna, davon verstehst du nichts, du bist dafür viel zu fromm. Wir können dir nichts erzählen, du gibst das doch gleich an die Mutter weiter.“

Anna hörte noch mit halbem Ohr beim Einschlafen, wie die Ältere der anderen Schwester erzählte, dass sie im Fremdenzimmer einen vollständig nackten Mann gesehen hatte.

Sie hätte erschrocken die Tür zugeschlagen und wäre vor dem Gelächter des Mannes über die Treppe geflohen.

»Ja und dann?«

»Na, ich habe es der Köchin erzählt und die meinte, ich soll mich nicht so anstellen, das wäre nicht der letzte nackte Mann, den ich sehen würde.«

Das unterdrückte Kichern und die ausführliche Beschreibung der Genitalien hörte Anna schon nicht mehr, sie schlief tief und fest.

Und so schlich sich in Annas Herz erst tiefe Abneigung und dann Abscheu vor Fröhlichkeit ein. Hat nicht unser Herr Jesus gelitten, wie kann ich da lachen und leichtsinnig sein?

2. Generation:

Betty sprach mit dem Hausarzt

»Sie haben ein wenig zugenommen, Betty, ich glaube es geht Ihnen besser.«

»Ja, schon«.

»Haben Sie immer noch Anfeindungen in der Verwandtschaft?«

Betty schaute ihn mit abwesendem Blick an.

»Ja, glauben Sie, die hören damit einfach auf? Ich bin nichts, ich habe kein Geld in die Ehe gebracht, ich bin eine kleine unwichtige Friseuse, in dieser Familie wird sonst nur Geld zu Geld geheiratet. Ich bin nicht energisch genug, ich kann mit diesen lauten Grobheiten in der Familie nicht umgehen, ich schäme mich für deren Benehmen. Überall wollen sie die erste Geige spielen, geben im ganzen Dorf den Ton an - so war es schon immer. Und ich habe jede Nacht Albträume, seitdem ich wieder einigermaßen schlafe.«

»Was träumen Sie, können Sie sich erinnern?«

»Ich träume immer den gleichen Traum, nur mit einigen Abweichungen. Ich bin wieder beim Bombenangriff in Bamberg. Es war kurz vor Kriegsende im Februar 1945. Ich wollte einen großen Weidenkorb mit neuen Federbetten am Bahnhof abholen. Das war ein Aussteuer Geschenk meiner Eltern, hart vom Mund abgespart. Ein Fuhrwerk hatte mich und meine jüngere Schwägerin mitgenommen, das war Elly, die war noch ängstlicher als ich.

Auf dem Heimweg, wir hatten wieder einen Fuhrmann anhalten können, wurden wir auf den Feldern vor der Stadt von Tieffliegern angegriffen, die Sirenen für den Bombenalarm hatten wir schon aus der Stadt gehört.

Der Fuhrmann schrie, wir sollten uns in die Gräben werfen. Der Graben war nass, schlammig, es roch nach Abfällen. Ich konnte nur an meine Federbetten denken, betete, dass denen nichts passierte. So was Unsinniges in diesem Augenblick.

Wir überlebten es, die Pferde auch, Gott sei Dank. Es war wie ein Wunder. Die Pferde sind allerdings durchgegangen. Das war wohl ihr Glück. Das Ziel hatte sich für diese Lumpen da oben nicht mehr gelohnt. Zivilisten anzugreifen, das war deren Masche.

Das träume ich immer wieder.«

Betty spürte jetzt wieder den Krampf in der Brust, sie schmeckte wieder das faulige Wasser im Graben wie damals.

»Betty, das waren schlimme Erfahrungen, das haut auch gestandene Männer aus den Stiefeln. Sprechen Sie manchmal mit jemandem darüber?«

»Ich möchte gern mit Elly, aber die schreit auf und läuft dann weg, sie will nichts davon hören.«

»Betty, schreiben Sie ihre Erinnerungen auf, das hilft ein bisschen, glauben Sie mir. Haben Sie Freundinnen, Gleichgesinnte?«

»Ach, das wird nicht gern gesehen. Eine verheiratete Frau braucht keine Freundin. Mit Leni spreche ich oft, die hat auch viele schlimme Erfahrungen auf der Flucht gemacht. Manchmal weinen wir ein bisschen zusammen. Und dann lachen wir wieder, weil wir uns so albern finden.«

»Können Sie sich an glückliche Momente erinnern?«

»Was meinen Sie, bevor ich geheiratet habe?«

»Ja, zum Beispiel«, nickte der Arzt.

»Ja, beim Arbeitsdienst mit den anderen Mädchen. Wir mussten hart arbeiten, die Landarbeit war für uns alle ungewohnt, wir hatten ständig aufgesprungene, rissige Hände. Aber nach getaner Arbeit im Gras liegen, in die Wolken zu schauen, die noch warme untergehende Sonne zu spüren, das waren schöne Momente.«

Betty konnte in der Erinnerung das trockene warme Gras riechen, das Summen der Bienen und Hummeln hören.

»Und dann haben wir uns über alles Mögliche unterhalten, wer hat schon einen Liebsten, wer bekam Post. Ich habe mich da aufgehoben gefühlt, trotz der harten Bedingungen, die Bäuerin war wirklich keine Menschenfreundin. Aber das einfache Essen abends mit den anderen, darauf habe ich mich den ganzen Tag gefreut, wir haben dann nach dem Essen alles abgeräumt, eine gute Freundin von mir konnte mit der Gitarre unsere Lieder begleiten. Schade, dass die Fotos davon nicht mehr da sind, sie sind bei meinen Eltern verloren gegangen.«

»Die politische Unterweisung mehrmals pro Woche war so auch besser zu ertragen, wir haben oft heimlich gekichert über die geschwollene Ausdrucksweise der Vortragenden.

Und dann haben wir uns Geheimnisse anvertraut, wer mit wem etwas angefangen hat, wie sich das anfühlt, wenn ein Kerl einem an die Brust fasst oder unter den Rock. Wir haben oft zu zweit in dem schmalen Bett geschlafen, meine Freundin und ich, es war gegenseitiger Trost, wir hatten Heimweh und uns tat der Rücken weh. Aber es war trotzdem schön, ich war noch unbeschwert, wenn ich daran zurückdenke. Sie hatte mich in den Arm genommen, wir haben uns gegenseitig das Heu aus dem Haar gezupft und dann sind wir eingeschlafen, da hatte ich keine Angst mehr, wenn sie neben mir lag.«

»Was ist aus ihr geworden?«

»Ich weiß es nicht genau, ich glaube, sie hat den Krieg nicht überlebt, sie wurde zur FLAK eingezogen«, ein Schatten legte sich auf Bettys Gesicht.

3. Generation:

Mary sprach mit dem Psychiater

»Haben Sie darüber nachgedacht, von wem Sie sich verstanden fühlen?"«

»Es tut mir leid, ich glaube es ist wirklich nur mein Mann, von dem ich mich verstanden fühle. Wir sind schon seit vielen Jahren ein Paar, wir haben uns aufeinander eingestellt, wir haben so viele gemeinsame Interessen.

Es ging so weit, dass unsere schon erwachsenen Kinder sich ausgeschlossen gefühlt haben.

Ich bin eben mehr Partnerin als Mutter, das war schon immer so. Ich bin auch nicht der Mensch, der unbedingt eine Freundin braucht. Das wären alles Verpflichtungen, die ich einfach nicht will.«

„Hatten Sie in der Kinderzeit eine Freundin?"

„Ja, aber immer nur eine, ich mochte auf keinen Fall Cliquen, das war mir zu heftig.

Da sind dann gleich wieder Intrigen gelaufen, wie ich sie häufig in meiner Internatszeit erlebt habe, davor habe ich immer zurückgeschreckt.

Ich will keine Erklärungen abgeben, keine Rechtfertigungen, keine Konflikte austragen oder ständig allgemeines Interesse aushalten. Ich will nicht beobachtet, beurteilt und kommentiert werden. Deswegen verstehe ich auch solche Bewegungen wie Facebook oder Instagram überhaupt nicht. Von früher Jugend an lautete die Devise: Nicht auffallen, den Reichtum nicht offen zeigen, Bescheidenheit. Im Klosterinternat wurde da in die gleiche Kerbe geschlagen.«

Ich weiß wirklich nicht, was das hier alles soll dachte Mary. Das alles hat doch mit meiner Erkrankung nichts zu tun. Wenn wirklich Kindheits- und Jugenderlebnisse meine Fibromyalgie ausgelöst haben, dann ist es jetzt zu spät, um da noch etwas zu bessern.

Natürlich gab es Misshandlungen in der Kindheit, sowohl zuhause, als auch im Internat, sowohl körperliche als auch seelische. Da war ich nicht die Einzige. Aber nicht jeder erkrankt gleich so wie ich, meldete sich der innere Einwand.

Da wäre dann noch das Feld, würde mein Mann jetzt sagen, du trägst Erinnerungen und die Bürde von Generationen in dir, ohne es genau benennen zu können.

Mary hatte sich wieder aus dem Gespräch ausgeklinkt, der Therapeut spürte es und ließ sie nachdenken.

»Was möchten Sie ändern in Ihrem Leben?«

»Meine ständigen Ängste, meine übermäßige Gewissenhaftigkeit und meine Empfindlichkeiten.

Ich bin schon mutig, ja, denn sonst würde ich ja meine Ängste nicht niederkämpfen. Wer keine Angst hat, braucht auch nicht mutig zu sein.

Ich möchte mein Spannungslevel in der Muskulatur dauerhaft senken, nicht bloß für eine Stunde. Die Entspannungsübungen sind ja ganz nett, aber nicht nachhaltig.«

»Haben Sie es mit Medikamenten probiert?«

»Früher mal, es hat nichts gebracht außer schlechten Leberwerten und Gewichtszunahme.«

»Wir haben heute natürlich ganz andere Möglichkeiten, denken Sie z.B. an das CBD der Hanfpflanze.«

»So weit bin ich noch nicht. Ich habe viel mit Suchtkranken zu tun. Ich erschrecke immer wieder, wie viel Kontrolle die einfach abgegeben haben. Ich weiß, dass es angeblich nicht süchtig macht, aber das ist doch noch gar nicht richtig erforscht. Wer sagt denn, dass man davon nicht auch Leberschädigungen, Psychosen, Fressattacken bekommt?

Nein, das ist keine Alternative für mich.«

„Waren Sie je in einer Selbsthilfegruppe?"

„Nein, auf keinen Fall. Ich musste in meiner Studienzeit eine Gruppe mitführen in der Psychiatrie, das hat mir gereicht. Ich habe genug zu tun mit meinen eigenen Problemen, ich muss mich beruflich mit Problemen anderer befassen, aber dann ist Schluss.

Außerdem wird da wieder viel nach außen getratscht, das brauche ich nicht."

„Erzählen Sie mir doch mal aus Ihrer Kindheit, waren Sie da glücklicher, zufriedener?"

Erwischt dachte Mary, jetzt kommt die Rolle der schweren Kindheit, in diese Schublade will ich mich nicht stopfen lassen. Vielleicht war sie nicht das, was man eine schwere Kindheit nennt. Vielleicht fühlten sich Kinder oft unverstanden. Aber anders als die Kindheit meiner Klassenkameraden war sie schon.

Keine Mutter am Frühstückstisch, keine, die mittags freundlich die Tür geöffnet hat, keine, die die nächtlichen Ängste vor der Handarbeitslehrerin überhaupt bemerkt hat. Da war meine große

Schwester, die vieles aufgefangen hat, aber was sind schon vier Jahre Altersunterschied?

Das Frühstück bereitete die Haushälterin, durchaus freundlich und liebevoll. Und mittags gab es keine Begrüßung, sondern es kam vom Treppenabsatz der Befehl, Schuhe ausziehen, Hände waschen.

Warum war ich nur so auf Krawall gebürstet? Mary grübelte darüber immer wieder. Warum konnte ich nicht mit Puppen spielen wie die anderen? Warum habe ich Puppen verabscheut?

Es waren nur Tiere, die mich interessiert haben. Katzen, Hunde, Hühner, Vögel. Ich war durchaus eine gute Schülerin, aber ich wollte nachmittags nach den Hausaufgaben in der Gegend streunen, meine Freundin im Forsthaus besuchen, ihrem Vater auf Schritt und Tritt im Wald folgen. Und wenn das alles nicht ging, dann wollte ich abtauchen mit meinen Büchern oder mit der neuesten Ausgabe der Mickey Maus.

»Was meinen Sie, was ist schief gelaufen in Ihrer Kindheit?«

Das alte Thema.

»Na was wohl, ich kam mit meinen Eltern nicht gut zurecht.

Sie haben mich einfach nicht verstanden. Meine Schwester hatte sich immer klaglos untergeordnet, das war bei mir nicht der Fall. Ich konnte schon sehr früh lesen mit fünf, ich war immer Fräulein Neugescheit oder Altklug. Mich haben Poesiealben, Puppenkram und Kleider nicht die Bohne interessiert. Ich saß gern bei alten Leuten und habe ihren Geschichten aus dem Krieg zugehört. Ich wollte mich nicht gern waschen, ich war immer verdreckt von meinen Streunereien, ich wollte nicht dreimal am Tag die Treppe wischen oder ständig Geschirr abtrocknen.

Wir haben uns beide um die jüngeren Brüder gekümmert, später nach meiner Hochzeit waren sie in allen Ferien bei mir, meinen jüngsten Bruder habe ich zwei Jahre lang weit weg von den Eltern betreut, da war er 14 und schon drogenabhängig. Ich war da mit meinen 22 Jahren völlig überfordert, ich hatte überhaupt keine Erfahrung damit, aber mit 16 war er dann clean.«

»Sie mussten also schon früh Verantwortung übernehmen?"

„Ja, aber nicht so viel wie meine ältere Schwester, an der hingen alle dran.«

»Nun da haben Sie doch schon einige Erklärungen."

„Ja aber, rechtfertigt das dieses Fremdheitsgefühl, meine Unfähigkeit selbstvergessen zu spielen, oder später mit meinen Kindern zu spielen? Ich wollte als Kind und Jugendliche immer nur eins - Zwänge abschütteln.«

Diese Gespräche wühlten Mary auf, sie brauchte Tage, um sie zu sortieren und mit Abstand zu betrachten.

Dann fielen ihr wieder die Bemerkungen ihrer guten homöopathischen Ärztin ein.

»Wir kommen mit den Mitteln jetzt nicht weiter, was Sie brauchen ... ist Psychotherapie. Die Ursprungsfamilie steht bei Ihnen viel zu stark im Fokus.«

Das war viele Jahre her. Was Wunder, hatte sie damals gedacht, sie fordern ja auch alle Aufmerksamkeit und Kraft von mir, Mutter, Vater, Schwester, Brüder.

Und bis jetzt habe ich die auch gegeben, aber es war nie genug, beide Eltern haben sich da beklagt. Und sie haben immer noch Gehorsam und Mitsprache gefordert, auch in Marys mittleren Erwachsenenjahren. Und finanzielle Unterstützung eingefordert, zur Überbrückung dieser und jener Geschäftsengpässe.

Betty hatte von der Öffentlichen im Dorf den Arzt angerufen, er hatte versprochen, so bald wie möglich zu kommen. Ihr zweite Tochter, ein sechs Wochen altes Baby, war durch Schläge verletzt worden.

Als der Arzt eintraf, stand die gesamte Verwandtschaft um den Kinderwagen herum, er bemerkte, dass Betty völlig durchnässte Kleidung trug.

Energisch schickte er sie zum Trocknen und Umziehen. Eine ihrer jüngeren Schwägerinnen half ihr.

Dann untersuchte er das Baby. Die Kleine war bewusstlos, sie hatte eine Kopfwunde mit Holzsplittern an der rechten Schläfe.

Er säuberte die Wunde, ließ sie dann kühlen.

Betty war jetzt soweit, zu berichten.

»Wollen Sie die Polizei anrufen lassen?«

Betty konnte keinen klaren Gedanken fassen.

»Wozu die Polizei, es ist doch alles klar, wie es passiert ist.«

Betty wollte die Schwägerin Katie im Nachbardorf besuchen, die hatte einige Wochen davor geheiratet. Es war ein heißer Tag, die Luft flimmerte und spiegelte den Boden über der rissigen, ausgetrockneten Erde, Betty war mit dem Kinderwagen langsam über die Felder gewandert. Es war völlig windstill, aber im Westen stiegen schon große, graue Wolkentürme auf. Betty wollte ihre Tochter Linda abholen, die war so gern bei ihrer jungen Patin.

Das Baby schlief tief bei ihrer Ankunft. Sie wollte es nicht wecken und ließ es im Schatten, mit einem Tuch über dem Wagendach, dicht vor der offenen Haustür stehen.

Drinnen waren Katie mit Linda, Bettys erster Tochter, sowie Katies Schwiegermutter, die Kaffee und Kuchen auftischte. Linda schaute gar nicht auf, sie war völlig mit einer neuen Puppe beschäftigt, es gab Kleidchen zum An- und Ausziehen.

Mitten im Gespräch ertönte draußen plötzliches durchdringendes Schreien und dann Tumult, es war etwas umgefallen.

Der Hausarzt hörte mit ernstem Gesicht und wachsender Bestürzung dem Bericht zu.

Die Frauen hasteten hinaus. Der Kinderwagen war umgestürzt, eine Rotte von Buben von ca. sieben oder acht Jahren stand ängstlich etwas entfernt davon. Einer hielt etwas hinter seinem Rücken versteckt.

Betty hob den Kinderwagen auf, das Baby war still geworden, war kreidebleich im Gesicht und hatte eine stark blutende Kopfwunde. Einige schrien, `ich war es nicht´. Dann deuteten sie auf den Jungen, der hinter dem Rücken ein blutiges Holzscheit umklammerte.

Er hatte dem Baby auf den Kopf geschlagen, mehrmals, wie die anderen behaupteten.

Aber das interessierte Betty in dem Moment nicht.

„Wie komme ich ganz schnell ins Dorf zurück?"

Katie und deren Schwiegermutter wollten sie zurückhalten.

„Bleib hier, ein Gewitter zieht auf, einer läuft ins andere Dorf und telefoniert."

Doch Betty war völlig taub für die Ratschläge. Sie ließ Linda bei Katie und rannte, so schnell sie konnte, in ihr Heimatdorf. Inzwischen war es düster geworden, ein Gewitterregen prasselte, es blitzte und donnerte. Der nasse, aufgewirbelte Staub kratzte in der Kehle, sie musste furchtbar husten. Betty, die eine panische Angst vor Gewittern hatte, stürmte weiter, völlig durchnässt. In der Gastwirtschaft mit der Öffentlichen telefonierte sie, so schnell sie konnte. Keiner konnte sie aufhalten, sie wollte nach Hause.

Und nun saß sie völlig apathisch vor der Wiege, die Arme um den Leib geschlungen, das Gesicht inzwischen zwar trocken, aber feuerrot vom Reiben und vor Aufregung.

Der Hausarzt schickte alle bis auf die jüngste Schwägerin hinaus, von der er wusste, dass Betty und sie eine Freundschaft verband, es war die Frau eines jüngeren Bruders von Bettys Mann.

»Betty, die Kleine wird bald aufwachen, wenn sie diese Nacht übersteht, hat sie gute Chancen.«

»Ich kann für sie jetzt momentan nicht mehr tun, das Krankenhaus in der Stadt ist hoffnungslos überfüllt mit den Spätheimkehrern, ein Transport wäre auch zu riskant. Ich komme morgen ganz früh, noch vor der Sprechstunde.« Ein Auto stand im Dorf nicht zur Verfügung, sie hatten nur ein Pferdefuhrwerk, der Arzt war mit seinem alten Motorrad gekommen. Jetzt hat er es ausgesprochen, dachten beide Frauen gleichzeitig, er hat Lebensgefahr bestätigt.

»Können Sie Ihren Mann benachrichtigen?«

»Er ist im Rheinland - Herr Doktor, zur Warenbeschaffung, schon seit drei Tagen, ich habe nichts von ihm gehört.«

»Beten Sie Betty, das wird Sie beruhigen.«

Jetzt fehlt mir meine Schwiegermutter, dachte Betty. Aber die war ein Jahr nach Lindas Geburt gestorben, ganz plötzlich. Sie hatte die Heimkehr von Bettys Mann, ihrem Sohn, nicht mehr erleben dürfen.

Anne, ihre Schwägerin saß dicht an sie geschmiegt auf der Bank. Anne war erst 17 und hatte auch schon ein Baby, einige Monate älter als Bettys Mary.

Wie konnte ich nur den Kinderwagen draußen lassen? Aber im Haus bei Katie war es furchtbar schwül gewesen, es roch nach Essen und altem Schmutz, da schien der Platz im Freien besser zu sein.

Das Abendläuten um sechs Uhr war draußen zu hören, die Glocken trugen weit, der Wind hatte gedreht, das Gewitter hatte die Luft gereinigt, es duftete nach feuchtem Gras und nassem Staub, die Geranien am Fenster schickten einen bitteren Geruch herein.

»Ich dachte, es würde alles besser werden, Herr Doktor, jetzt da mein Mann aus dem Krieg wieder da ist. Aber das Unglück fing damit an, dass er seine alte Stellung in der Stadt nicht mehr bekam.«

Das hatte sie noch, allein mit dem Doktor, auf der Türschwelle gesagt. Der Doktor nickte nur, im Geiste schon mit dem nächsten Hausbesuch beschäftigt.

In der Nacht fieberte Betty. Der Arzt war morgens ganz früh gekommen, er war erleichtert, das laute Schreien des Babys zu hören.

»Sie hat Hunger,« sagte Anne, »aber die Schwägerin hat offensichtlich hohes Fieber.«

»Können Sie sich um beide kümmern?«

»Ja schon aber…«

»Ich lasse einen Krankentransport kommen, das wird dauern, Ihre Schwägerin muss sofort ins Krankenhaus, ich habe da einen Verdacht.«

Es war eine infektiöse Gelbsucht, der erfahrene Doktor hatte richtig diagnostiziert. Betty war über Wochen schwer krank, lag in einem Krankenhaus, das für solche Fälle spezialisiert war.

Katie übernahm beide Kinder, sie war sehr kinderlieb und wünschte sich sehnlichst eigene.

Dann wurde Betty zur Kur geschickt, sie konnte kaum selbst gehen, das Schicksal ihrer Kinder tauchte immer wieder mal in ihren Gedanken auf, aber sie war zu schwach und zu apathisch, sie konnte sich zu nichts aufraffen.

1. Generation: Anna sprach mit dem Seelsorger
des Ordenshauses in der Schweiz

»Nun Anna, Sie haben ja gute Fortschritte gemacht höre ich. Ich soll Sie auch von der Mutter Oberin und der Novizenmeisterin aus der Heimat grüßen, sie werden bald mal wieder schreiben.

Ich habe ihnen monatlich einen Bericht geschickt, wir sind alle erleichtert, dass Sie auf dem Weg der Besserung sind.«

»Pater, wie wird es mit mir weitergehen?«

Diese Frage brannte in ihr, schon seit Tagen, sie hatte bisher nicht gewagt, sie zu stellen.

»Nun, nun Sie müssen erst einmal ganz gesund werden, Sie dürfen sich noch nicht anstrengen. Sie husten ja kaum noch, das ist gut. Beten Sie Anna, das wird Ihnen helfen. Ich höre, Sie nehmen an der Messe und an allen Andachten teil, auch an der Mette. Dass mir das nicht zu viel wird, Anna, Sie sind noch eine Kranke.«

»Pater, mir lastet vieles auf der Seele.«

»Wollen Sie beichten Anna?«

»Ich war erst letzte Woche.« Und sie hatte bei dem Schweizer Genuschel im Beichtstuhl fast nichts verstanden. Der Pater redete wenigstens einiger maßen verständlich.

Anna erinnerte sich, der andere Pater war schon hoch betagt, immer wieder hatten Hustenanfälle sein Reden unterbrochen. Wer hat hier TBC, hatte sie noch respektlos gedacht und sich dafür gleich wieder schuldig gefühlt.

Sie hatte Heimweh. Der Sommer, kaum angekommen, war schon fast vorbei. Die Lärchen färbten sich goldgelb, eingesprenkelt zwischen den Bergfichten und den Arven weiter oben, es waren keine Vögel zu hören, der Wind strich hier Tag und Nacht um das Gebäude, es war wie ein lautes Raunen. Früh riefen die Alpenkrähen, schon bevor es hell wurde. Ihre Kammer war sehr spartanisch, viel karger als zu Hause im Kloster. Sie war im Haus die einzige Kranke, diesen Sonderstatus mochte sie nicht. Sie spürte die Blicke im Rücken, sie durfte nirgendwo mithelfen, ach ja, die Ansteckung.

Ich kann doch nicht nur rumliegen, rumsitzen, beten und Heiligentexte lesen. Ich bin zu nichts nutze, nicht mal die Wäsche darf ich ausspülen.

Seit einigen Wochen konnte sie den Arzt weiter unten im Dorf in der Praxis besuchen, das war schön, wenn auch furchtbar anstrengend. Sie keuchte auf dem Heimweg den Berg hinauf, blieb oft stehen und ließ den Blick auf den Waldhängen ruhen.

An das Läuten der Kuhglocken hatte sie sich gewöhnt, jetzt war schon der Almabtrieb vorbei, eine tiefe, fast greifbare Stille, nur unterbrochen von pfeifenden Windgeräuschen in den Bäumen, machte sie traurig. Lieber Herr Jesus, mach dass ich endlich fröhlich bin, dankbar bin, dass ich es wahrscheinlich schaffen werde.

Die Dämmerung kam jetzt schnell, es roch nach erstem Schnee, der fiel hier schon früh im Herbst. Die Luft war kalt, rau und mit einzelnen Schneeflocken vermischt.

Vor ihr tauchten die goldgelben Vierecke der Fenster auf, aus der Kirche nebenan schickten die Kerzen durch die schmalen Fenster ein matt weißes Licht in das dunkle Tal.

Die Kälte schmerzte Anna im Hals und in der Brust, einer ihrer jetzt seltenen Hustenanfälle schüttelte sie.

Die Pfortenschwester hatte sie gehört. Ihrem schwer verständlichen Dialekt entnahm Anna den Rat, sie solle lieber drinnen bleiben, es sei zu kalt für eine Kranke.

Ja, ja das weiß ich selbst, dachte sie rebellisch. Sie war über sich selbst erschrocken, solche Gedanken durfte sie nicht haben.

Ich bin hier so allein, so einsam, ich kann mich kaum verständlich machen, das Beten hilft auch nicht immer. Ich brauche ein bisschen Hoffnung, ich muss wissen, wie es weitergeht.

Jetzt, da der Krieg zu Ende war, hoffte sie auf eine baldige Heimkehr. Sie hatte Sehnsucht nach ihrer Familie, wollte wissen, wer im Dorf nicht aus dem Krieg heimgekommen war.

Wer wohl noch im Mutterhaus geblieben war, wen würde sie noch kennen?

3. Generation:

Mary sprach mit dem Therapeuten

»Wir haben schon über die Hälfte der Therapiezeit geschafft. Was meinen Sie, was haben die Gespräche bei Ihnen bewirkt?«

Bestimmt keine Verbesserung oder Heilung dachte Mary, aber das wäre ja auch wohl die reine Illusion.

Sie wollte ihn nicht kränken. So ein Blödsinn, dachte sie dann wieder, ich bin doch nicht dafür da, um für sein Wohlbefinden zu sorgen.

Mary zögerte mit der Antwort. Wenn sie sich ganz tief nach innen zurückzog und sich fragte, wie es ihr ging, dann war da ein gewisser Stillstand bei ihr eingetreten. Sie haderte nicht mehr mit ihrer Fibromyalgie, sie nahm die plötzlichen Schmerzustände mit etwas mehr Gelassenheit hin, ohne die panischen Angstanfälle.

Aber da war auch eine gewisse Traurigkeit, auch ein Abstumpfen gegenüber freundlichen Signalen von anderen. Wie soll ich das rüberbringen?

»Nun, es hat schon Wirkungen gegeben. Meine Gefühle haben jetzt eine andere Qualität.

Das Muttersein ist ziemlich in den Hintergrund getreten, jedenfalls zurzeit. Bis mal wieder eins der Kinder Krisen durchmacht, das wird nicht lange auf sich warten lassen.

Ich habe das Mutterbild inzwischen anders definiert, mir ist klar, dass ich zu viel Ideales bei anderen vermutet habe.

Aber das liegt an meiner verzerrten Wahrnehmung aus früherer Zeit. Wie hätte ich wissen sollen, wie es ist, eine gute Mutter zu haben? Die hatte ich wahrscheinlich nicht oft. Es mag schon Zeiten gegeben haben, in der sie sich bemühte, aber ich habe daran so gut wie keine Erinnerung.«

Nach einer langen Pause sprach sie weiter:

»Meine Mutter war in meiner frühen Kindheit lange und oft in Kliniken und Sanatorien mit einer geheimnisvollen Krankheit. Heute würde ich sagen, dass das schwere Depressionen waren, vor allem immer nach den Entbindungen. Ganz krass sind die Symptome bei der Geburt meines jüngsten Bruders aufgetreten, meine Mutter wollte ihn einer ihrer Schwestern zum Adoptieren und Aufziehen übergeben.

Ich wurde in diesen Zeiten wie ein Wanderpokal rumgereicht, mal bei dieser und jener Tante. Das ging natürlich nur bis zur Einschulung gut.

Dann kamen Kindermädchen ins Haus, in den Ferien wurde ich zusammen mit meiner Schwester in Kinderheime geschickt, mit teilweise schlechten Erfahrungen.

Je älter ich wurde, desto mehr spürte ich, dass ich keine Bindung an meine Eltern hatte.

Natürlich - sie haben uns gut versorgt. Aber das Anhören von Kümmernissen, Plänen, Interessen, das gehörte nicht dazu.

Wir vier waren dann untereinander Selbstversorger, so gut es eben ging. Wobei wir Älteren uns um die Jüngeren gekümmert haben, die Anhänglichkeit meiner Brüder war rührend.

Ich bin mit ihnen zum Schwimmen gegangen, habe Waldspaziergänge gemacht, Hütten gebaut, einen geliehenen

Hund ausgeführt. Davon gibt es eine Menge Fotos. Und die Jüngeren haben uns nie verpetzt, wohl wissend, dass wir auf nächtlichen Eskapaden waren.

Aber aus heutiger Sicht war das eine Riesenlast für unsere jungen Seelen. Dazu kamen noch die Tumulte zwischen den Eltern, die Suizidversuche meiner Mutter. Es war einfach zu viel.

Ich hatte als neunjährige einen Nervenzusammenbruch, der Hausarzt war damals ratlos.

Zu dieser Zeit war meine ältere Schwester ins Internat gekommen, ich fühlte mich völlig allein gelassen.

Ein weiterer Rieseneinschnitt war dann die Hochzeit meiner Schwester. Ich hatte keinen Verbündeten mehr, die Brüder waren dafür noch zu jung. Ab da arbeitete ich nur noch daran, von zu Hause wegzukommen.

Und das alles wollte ich meinen Kindern ersparen. Ich wollte trotz meiner Jugend das Muttersein gut machen. Was hatte ich mir da vorgenommen!

Ich konnte nur vieles falsch machen. Sicher, ich hatte Unterstützung von meinem Mann, aber der war damals auch gerade 21 geworden, wir waren beide viel zu jung für diese Aufgaben.«

»Sie hätten viel früher eine Therapie machen sollen, meinen Sie nicht auch?

Es hätte Sie entlastet, vieles zurechtgerückt.«

»Ja, vielleicht. Möglicherweise wären dann auch die Schübe der Fibromyalgie nicht so heftig ausgefallen.«

»Wir müssen die nächsten Wochen pausieren, ich bin für sechs Wochen zu einer Schulung weg.«

Ich bin gar nicht böse drum, dachte Mary, diese Nabelschauen machen mich irgendwie fertig.

Sie ging richtig erleichtert hinaus. Eigentlich gemein und auch ungerecht, aber so fühlte sie sich eben.

Es war, als hätte sie soeben eine schwierige Prüfung mal gerade so geschafft.

Sie dachte über die restliche Zeit dieses Tages nach. Sie würde sich erst mal um ihren Mann kümmern, ihn fragen, wie es ihm tatsächlich ging. Sie glaubte, sie hätte ihn gerade in den letzten Wochen aus dem Fokus verloren. Aber vielleicht wollte er ja gerade in Ruhe gelassen werden, manchmal war es gar nicht so einfach, seine Wünsche zu erraten, er war sehr introvertiert und teilte seine Gefühle nicht unmittelbar mit.

Er war auch nicht so schnell kränkbar wie sie selbst, nur selten verlor er die Fassung. Aber wie Mary tief drin wusste, war sie eine der wenigen Personen, die ihn wirklich aus dem Gleichgewicht bringen konnten. Darauf bin ich wirklich nicht stolz, dachte sie. Diese Macht ließ sich leicht missbrauchen und manchmal habe ich das auch sicher getan.

Worüber würde er sich jetzt freuen? Sie verließ den Park und ging langsam in die Innenstadt. Es waren viele Leute unterwegs, wie immer in der Fußgängerzone. Es wurde langsam Herbst, die noch warme Luft roch nach Abgasen, nach Wurstbuden und Pizza. An den unzähligen Jeans-Läden und Souvenir Shops lief

Mary achtlos vorbei. In der Buchhandlung kaufte sie zwei große Wochenzeitungen und ihr Blick streifte gleichgültig über die Auslagen der Bestseller. Sie las gern und viel, aber momentan war sie in ihren eigenen Problemen gefangen, so dass sie keine Energie für andere Geschichten hatte.

Manchmal erwartete sie, ein bekanntes Gesicht zu entdecken, aber die vielen Jahre ihrer Abwesenheit in der Innenstadt hatten ihren Tribut gefordert, sie waren beide, ihr Mann und sie, in Vergessenheit geraten. Manchmal fragten Bekannte:

»Was Ihr seid noch in Deutschland, seid ihr nicht in den Süden gegangen?«

Das befremdete und ärgerte sie auch. Ihre jetzige Tätigkeit geschah im sehr diskreten und geschützten Umfeld, nichts worüber man leutselig mit zufälligen Bekannten plaudern konnte.

Das war auch so eine Crux.

2. Generation:

Betty sprach mit der etwas ruppigen Kinderärztin

Betty war schon mehrere Male in der Sprechstunde gewesen. Sie hatte mit ihrer Tochter Mary gesundheitliche Sorgen. Mary war oft krank, hatte schwere Infektionen wie Keuchhusten, Diphterie und Scharlach mit knapper Not überstanden. Jetzt waren überall Windpocken im Angebot, die Masern hatte sie vorher auch schon.

Aufgrund der robusten Gesundheit ihrer ersten Tochter Linda war Betty nicht daran gewöhnt, ständig ein krankes Kind zu haben, dass zudem keinen Appetit hatte und nur winzige Portionen essen wollte.

»Frau Doktor, was soll ich nur machen, ich kann Mary nicht dazu bringen, mehr zu essen, oder etwas Vernünftiges. Sie will alles kalt essen, nur Kartoffeln, Äpfel oder Brot.« Die Ärztin reagierte mit der gewohnten burschikosen Art. Sie stammte aus Norddeutschland und stand mit den Leuten hier nicht auf vertrautem Fuß.

»Sie ist genauso eine zarte Person wie Sie selbst, Sie sind doch auch keine Riesin. Außerdem vergessen Sie nicht, sie ist ja noch nicht so lange bei Ihnen, sie war doch viel bei Verwandten nicht wahr?«

Betty fühlte sich sofort in die Ecke gedrängt, vermutete Schuldzuweisung.

»Ja, aber ich war doch selbst sehr krank. Sie war gerade sechs Wochen alt, da musste ich ins Krankenhaus und bin da ein halbes Jahr ausgefallen. Und dann, als sie zwei Jahre alt war, bin ich wieder sehr krank geworden, da haben sich meine Schwägerinnen in Hessen um sie gekümmert. Ihr ist sicher nichts abgegangen.«

Der Gesichtsausdruck der Ärztin war jetzt geradezu steinern.

»Wir wissen nicht, was in so jungen Kindern vor sich geht, das Versorgen allein mit Essen und Kleidung und Schlaf, ist zwar das Minimum, aber sicher nicht ausreichend für das Seelenleben eines Kindes.

Ein Kind ist robust und das andere eben empfindlich. Hier haben wir es mit einer sensiblen Seele und einem empfindlichen Körperchen zu tun. Was sie braucht ist Geborgenheit.«

Betty wollte Zugeständnisse machen, um die Kinderärztin milde zu stimmen.

»Vielleicht war der Kindergarten mit nicht ganz 2 Jahren auch noch zu früh für sie. Ach, sie war da nicht lange drin, sie kam doch dann zu meiner Schwester für eine längere Zeit. Und im Kindergarten befand sich ja auch Linda, ihre ältere Schwester.«

»Das Schicken in eine Ferienerholung ist ja auch schief gegangen, sie kam mit weniger Gewicht zurück« wandte die Ärztin ein.

»Frau Doktor, sie ist schrecklich eigensinnig und abweisend, ich habe nicht das Gefühl, das sie einen von uns braucht. Sie zieht sich mit ihren vier Jahren in ihre eigene, völlig abgeschiedene Welt zurück, sie ist nur an Tieren interessiert und sie versucht schon zu lesen. Sie ist völlig anders als ihre ältere Schwester, mit der gibt es überhaupt keine Probleme, außer dass ich deren Appetit ständig bremsen müsste, sie isst zu viel.

Ich fühle mich mit ihr überfordert, jetzt da ich wieder schwanger bin.

Sie hängt an ihrem Kindermädchen, sie will anscheinend weder von mir noch von meinem Mann etwas wissen.«

Das geht jetzt zu weit, dachte die Ärztin, ich kann jetzt nicht auch noch Familienberatung machen, mein Wartezimmer ist voll. Aber hier läuft etwas gründlich schief. Sie hoffte, dass die ältere Schwester und das Kindermädchen einiges auffangen würden.

1. Generation:

Anna sprach im Mutterhaus mit der Oberin

»Anna fühlst du dich wieder einigermaßen gesund?«

Anna hörte das Ticken der Standuhr in der gläsernen Stille. Sie saß steif auf ihrem Stuhl, das Gesicht gesenkt.

»Nun, willst du mir nicht antworten?«

»Doch, doch es geht mir wieder gut. Der Husten ist fast weg und das Röntgenbild sieht auch gut aus.«

»Du warst jetzt fast zwei Jahre weg, da hat sich hier auch einiges geändert Anna.«

Ja, das habe ich schon gemerkt, dachte sie. Die Novizenmeisterin war gestorben, viele neue Mitschwestern hatte sie gesehen, die vertrauten Gesichter waren weniger geworden. Im Mutterhaus war diese Strenge und Kälte wieder zu spüren, überall - ganz anders als in der Schweiz, - das war ihr erst im Laufe der Zeit aufgefallen. Dort herrschten Güte und Wärme, was sie zuerst als ungewohnt empfand. Zum Schluss ihres Aufenthaltes, Anna war ganz erstaunt darüber, gefiel ihr das, auch wenn sie immer noch das Schwyzerdütsch oftmals nicht verstand.

Die Oberin stand jetzt auf, ging auf und ab, ein schlechtes Zeichen, dachte Anna, hier ist irgendetwas los.

»Wir haben über deine Zukunft nachgedacht, der Herr Dekan und auch die Mitschwestern und ich. Du hast ja das Ewige Gelübde noch nicht abgelegt, was vielleicht jetzt ein Glück ist.«

Ein Glück, dachte Anna, das sehe ich nicht so. Ich hätte es schon längst ablegen sollen, aber meine Krankheit hat mich daran gehindert.

Jetzt war das Gesicht der Oberin direkt über ihr, Anna duckte sich, machte sich klein, so gut sie konnte.

»Anna du kannst mit dieser Vorerkrankung nicht im Kloster bleiben.« Die Minuten, die darauf folgten tropften zäh, das Ticken der Standuhr klang plötzlich laut und aufdringlich. Im holz beheizten Ofen, auf spärlicher Flamme, knackten die Holzscheite.

Sie wollen mich hier nicht mehr haben, wo soll ich bloß hin, ich kann doch nicht mehr nach Hause, das Karussell der Gedanken in Annas Kopf drehte sich immer schneller.

»Wir haben eine Lösung gefunden.« Sie musterte das bleiche Gesicht von Anna, fast war so etwas wie Mitgefühl in ihren Zügen zu erkennen.

»Du wirst in der Dompfarrei in Reichstädt der Haushälterin zur Hand gehen, sie ist schon älter und braucht Hilfe.«

»Ich werde doch erst 23, da darf ich doch nicht als Haushälterin in eine Pfarrei?«

»Du bist ja nur die Aushilfe und außerdem haben wir eine Sondergenehmigung. Du wirst morgen abreisen, du nimmst alles mit, was dir gehört, du darfst dich auch bei deinen Eltern melden, du bist jetzt wieder eine weltliche Person.«

Annas Schritte waren unsicher, tastend. Sie wollte ständig schlucken, ihre Kehle fühlte sich wie Sandpapier an. Jetzt bloß keinem begegnen. Ich müsste in der Kirche beten, ging es ihr durch den Kopf. Ich müsste Gott danken, dass ich gesund geworden bin. Was werden sie alle hinter meinem Rücken flüstern? Aus dem Kloster geworfen, so eine Schande.

Und dann die Enttäuschung ihrer Mutter, die überzeugt und stolz war, ein Kind dem Herrgott geopfert zu haben. Der kleine bescheidene Ruhm, dass Anna Ordensfrau geworden war, er war dahin, wie nie da gewesen.

3. Generation:

Mary zog für sich Zwischenbilanz

Warum bin ich überhaupt in die Therapie?

Werde ich wieder hingehen?

Ich habe mich mit meiner Erkrankung abgefunden, es gibt ja auch noch ein paar andere Probleme neben der chronischen Erkrankung.

Kann mir jemand auf meine Frage eine Antwort geben? Warum bin ich so geworden, wie ich jetzt bin? Nein, das wusste sie plötzlich, das konnte auch kein Therapeut.

Da habe ich wirklich zu viel erwartet. Außerdem bekommt er ja nur von mir die Infos, es könnte ja auch - wenigstens aus seiner Sicht - alles ganz anders gelaufen sein.

Liegen die Ursachen für all meine Probleme nicht schon viel länger zurück?

Hatte meine Mutter da mehr Einfluss, als ich wahrhaben wollte? Und was war mit meiner bigotten, herrischen Großmutter, die ja mal Klosterfrau war? Hatte die auch mitgemischt?

Ein Gespräch mit ihrer erwachsenen Tochter fiel ihr wieder ein.

»In deiner Familie wurden Kinder doch nicht gerade willkommen geheißen, es war wohl eher ein Schicksal, eine Last?«

Das stimmt dachte sie. Kinder sind eben einfach passiert, von Wunschkind konnte keine Rede sein. Das war doch bei mir auch so. Ihre Kinder kamen einfach, sie hatte sich pflichtbewusst gekümmert, aber - das war ihr schon immer klar - sie waren für sie eine Last, eine Bremse, das Leben so zu leben, wie sie es sich mal vorgestellt hatte.

So viele falsche Abzweigungen, ein Studium - zuerst abgebrochen, eine Universitätskarriere in weiter Ferne, viel zu früh ist uns die Verantwortung für die Geschwister und dann für die eigenen Kinder aufgebürdet worden. Stopp! Für die eigenen Kinder warst du schon selbst zuständig, das hättest du auch anders machen können.

Wenn Mary ihre Gedanken einer anderen Mutter anvertrauen wollte wie z.B. ihre Haltung zu irgendwelchen Kinder-veranstaltungen, dann rief das nur Befremden hervor, sie behielt auch diese Gedanken dann deshalb nur noch für sich. Hin und wieder machte sie sich bei ihrem Mann Luft:

»Diese nervigen Kindergeburtstage, jedes Mal bin ich heilfroh, die geschafft zu haben.«

Ihren Mann amüsierte das, er nahm das nicht wirklich tragisch. Aber er musste die auch nicht organisieren, er konnte sich gut abseilen, dachte Mary rebellisch.

Wenigstens saßen damals nicht auch noch die Mütter herum, wie es heute offensichtlich üblich ist. Und dann das Spielen mit den Kindern. Ich musste doch noch so viel erledigen, ich konnte mich nicht einfach ins Durcheinander setzen und spielen, das war - eine richtige Qual.

Das hatte mir, Gott sei Dank, oft mein Mann abgenommen. Für mich war Spielen schon immer Zeitverschwendung. Das wurde mit dem Älterwerden der Kinder besser, Sport wie Schwimmen, Tennis, Joggen das ging mit ihren Teenagern sehr gut, da hatten sie eine gemeinsame Basis. Ich war eben keine gute Kleinkindmutter, mir hat es an Geduld gefehlt.

Und dann diese zeitraubenden Elternabende in der Schule. Mary wollte auf keinen Fall irgendein Amt übernehmen, sie wollte nicht diskutieren, herumstreiten oder sich sonst wie exponieren.

Später kam dann der Vorwurf:

»Hättest du dich im Elternbeirat engagiert, wäre ich schulisch besser dagestanden.«

Mitglied im Elternbeirat als Ausgleich für die Faulheit der Kinder?

Also doch eine schlechte Mutter? In den Augen der heutigen Gesellschaft wahrscheinlich schon. Hatte es ihre eigene Tochter besser hingekriegt?

Das möchte ich gar nicht beantworten, dachte Mary. Ich bin mit vielem nicht einverstanden, so wie sie es handhabt. Ich hätte meine Kinder niemals verwöhnt, immer in Angst, dass sie später dem Leben nicht standhalten. Auch die Anspruchshaltung der Enkelgeneration störte sie empfindlich. Sind Bescheidenheit und Zurückhaltung nicht mehr in Mode? Muss man überall alles Private heraus posaunen, ins Licht der Öffentlichkeit zerren? Da gehen unsere Werte gerade den Bach hinunter. Diese exzessive Selbstdarstellung sah sie mit wachsender Bestürzung.

Alles was Mary seit ihrer Kindheit eingeprägt worden war, Dezenz, Diskretion, Understatement, das alles hatte sich ins Gegenteil verkehrt.

Talk-Shows und aggressive Sendungen auf Privatsendern schaltete sie sofort weg, zu sehr verabscheute sie den Mainstream.

Gab es früher schon so haarsträubende Berichterstattungen über Kindesmisshandlung? Oder haben das die Großfamilien eher verhindert? Gab es früher ein Regulativ, über das die Kleinfamilie nicht mehr verfügte?

Nun bin ich aber weit vom Thema weg dachte sie. Ich werde die Therapie nicht mehr fortsetzen. Ich kann doch nicht dauernd von meiner Kindheit und Jugend erzählen. Und von meinem jetzigen Leben auch nicht, das würde ich als Verrat empfinden.

Nein, es tut mir jetzt nicht mehr gut, es ist ein Level erreicht, da schadet es mir nur noch.

Ein Vorschlag ihres Therapeuten bei ihrer letzten Sitzung fiel ihr wieder ein:

»Ich glaube, jetzt wäre jetzt der richtige Zeitpunkt für eine Familienaufstellung.«

Das erschreckte Mary, sie wusste, dass so eine Aufstellung bei ihrem jüngsten Bruder ganz fatale Folgen gezeigt hatte, er brauchte Monate, um damit einigermaßen klarzukommen. Jedenfalls folgte dann prompt seine Scheidung, er hatte offensichtlich auch schwere Depressionsschübe erlitten.

Ich werde dem Therapeuten schreiben, ihm erklären, warum ich jetzt nicht kommen will. Na ja, vielleicht auch überhaupt nicht mehr.

Dieser Entschluss erleichterte sie.

Es hat mir doch etwas gebracht, diese Erkenntnis war neu. Ich muss mir endlich einmal selbst verzeihen, mich nicht immer schuldig und verantwortlich für alles fühlen.

Eigentlich lachhaft, was ist überhaupt eine schlechte Mutter? Als Kinder hatten wir die Großmutter gefürchtet, ihr ständiger Druck, Frömmigkeit und Kirchgang einzufordern. Und dann ihre Kleiderdiktate. Das war schlimmer als im Klosterinternat. Wir durften als Mädchen im Sommer nicht im Badeanzug herumlaufen, das galt als ordinär. Keine ärmellosen Kleider, Blusen, - später als Teenager, keine tiefen Ausschnitte.

Das hatte sie auch mit meiner Mutter gemacht, Mary erinnerte sich. Wenn die Großmutter zu Besuch war, wurde energisch Sonntagmorgen an die Schlafzimmertür geklopft, schon um sieben Uhr früh.

»Betty, du kommst zu spät zum Hochamt, was ist das hier für ein liederlicher Schlendrian?«

Meine Mutter hatte mit ihren diversen Krankheiten immer ein Schlupfloch gefunden.

Vater hatte sie da in Schutz genommen und seine Schwiegermutter früh in die Kirche gefahren, nachmittags zur Andacht und abends zum Rosenkranz. Das waren Luxusmomente für die Oma, erkannte Mary. Außerdem war meine Mutter dann von Oma Anna befreit, wenigstens für ein paar Stunden.

Andererseits brauchten sie die Großmutter. Sie war so gut wie immer zur Stelle, kam mit dem Zug angereist, wenn eine Entbindung oder eine Krankheit ihre Hilfe erforderte.

Sie führte den Haushalt mit harter Hand, die Angestellten traten nie offen gegen sie auf, sie hatte viel Kompetenz in der Küche und in der Wäschepflege. Außerdem wurde sie vom Vater immer unterstützt, meine Großmutter war meinem Vater ergeben, sie fand alles richtig, was er tat.

Was war wohl schlimmer, das Desinteresse meiner Mutter an uns Kindern, oder die Diktatur meiner Oma?

Keines von beiden, eine ganz normale Familie –

das wäre schon schön gewesen.

Wir waren keine normale Familie, mein Vater war schon ganz früh ungewollt ein Außenseiter.

Weg von der Dorfgemeinschaft, - ich war damals erst ein Jahr alt. Meine Mutter hatte alle Freundschaften ihres Mannes irgendwie verhindert. Er war schon durch seinen geschäftlichen Erfolg isoliert, dazu kam, dass er nicht in der Stadt geboren war, das ließ man ihn spüren. Als neureich stuften ihn die Leute ein.

So ein Quatsch, seine Familie war seit zig Generationen im Dorf wohlhabend gewesen, heute würde man sagen, sie waren reich.

Und meine Mutter konnte sich an diese Stadt und die Leute nicht gewöhnen. Sie war Hunderte von Kilometern entfernt im Süden aufgewachsen, hier lebte   ein völlig anderer Menschenschlag.

Und so waren wir gesellschaftlich isoliert. Zwar gab es vom Vater her eine zahlreiche Verwandtschaft, aber er hatte sich von seinen Geschwistern weg entwickelt, er sorgte nach wie vor für sie, wurde aber völlig in Anspruch genommen von seinen Geschäften.

Es war eben eine Kriegsgeneration, so einfach war das. Nichts war da normal. Alle hatten irgendwo einen Treffer, dachte Mary und wir Kinder, ja, wir haben das immer wieder gespürt.

Zuerst dieses rastlose Arbeiten am Erfolg, es gab beim Vater kaum Pausen. Dann das große Bedürfnis nach Essensgenüssen -, das jahrelange karge Leben hatte bei allen Bevölkerungs-Schichten Spuren hinterlassen.

Dann die Besuche in den Modesalons, meine Mutter wurde eine gute Kundin und wir Mädchen durften in den neu entstandenen Boutiquen Modellkleider aussuchen.

Darauf war der Vater stolz, erinnerte sich Mary. Er wollte seine Frauen immer elegant gekleidet sehen, über zu teure Preise hatte er höchstens die Augenbrauen gehoben.

2. Generation:

Betty im neuen Haus in der Stadt, Besuch beim Hausarzt

Betty hatte den Hausarzt gewechselt, nachdem der Vorgänger in Rente gegangen war. Betty war mit ihrer Wahl nicht glücklich, es war jetzt schon der vierte Versuch, sie hatte bald alle Hausärzte in der Kreisstadt durch.

Obwohl völlig überlastet durch die hohe Patientenzahl, zeigte er viel Geduld, wusste aber nichts von der langjährigen Familiengeschichte und welche Spuren die bei Betty hinterlassen hatte. Deshalb ging er auf ihre nervlichen Befindlichkeiten kaum ein. Er verschrieb Schlafmittel und Beruhigungsmittel. Er wurde zu den üblichen banalen Infekten gerufen, auch bei den Kindern, die auch der Kinderärztin nicht mehr vorgestellt wurden; diese war ebenfalls in Rente gegangen.

»Was führt Sie zu mir?«

Betty dachte an die zahlreichen Symptome, die sie verspürte und hatte auch gleich eine Diagnose im Angebot.

»Herr Doktor, ich glaube ich habe es an der Schilddrüse.«

»Wie kommen Sie darauf?«

»Ich habe so eine Enge beim Schlucken, eine Enge um den Hals, mir fallen die Haare aus, ich glaube, ich bin sehr krank. Eine Bekannte von mir hatte das auch, da war es dann die Schilddrüse, die nicht arbeitete.«

Der Hausarzt war nicht überrascht. Er hatte schon mehrmals mit Betty ihre Symptome diskutiert, ihre Schilddrüse war völlig in Ordnung , die Leberwerte auch.

»Ich glaube nicht, dass es die Schilddrüse ist, vielmehr glaube ich, dass es nervlich bedingt ist. Sie haben eine sog. vegetative Dystonie, die spielt Ihnen solche Streiche.«

»Kann man das behandeln?«

»Ja, natürlich, Ihre nervliche Ausgeglichenheit, gesteuert durch den ´nervus vagus´, ist aus dem Gleichgewicht.

Ich werde Ihnen ein neues Beruhigungsmittel für eine kurze Zeit verschreiben. Haben Sie denn gerade viel Aufregung oder Kummer?«

Wann habe ich das nicht, dachte Betty. Ständig stehen Besuche ins Haus von ihren eigenen Schwestern mit Familie oder von der älteren Schwester ihres Mannes, Betty fürchtete sich regelrecht vor ihr. Dann die geschäftlichen Aufregungen, ihr Mann hatte wieder hohe Kredite aufgenommen und jetzt Schwierigkeiten beim Zurückzahlen, obwohl der Betrieb glänzend lief. Und dann ja, darüber konnte sie auf keinen Fall mit dem Doktor reden... die sexuellen Bedürfnisse ihres Mannes. Betty hatte gehofft, dass drei Kinder nun wahrlich genug seien und er seine Wünsche nach ihr richten würde, nämlich so gut wie keinen Sex mehr. Aber das war eine Illusion. Und er wollte noch mehr Kinder. In der Beichte setzte ihr der Pfarrer auch zu. Sie haben ehelichen Verkehr und kein weiteres Kind, verhüten Sie etwa?

Betty zitterte bei diesen Fragen, in der Beichte darf ich doch nicht lügen, oder?

Der Hausarzt war feinfühliger als sie vermutet hatte.

»Sie haben doch noch mehr auf der Sorgenliste?«

»Ja, ich will keine Kinder mehr.« Es brach aus ihr heraus. »Ich darf von der Kirche aus nicht verhüten, meinem Mann gefällt es auch nicht, aber ich will auf keinen Fall noch eine Schwangerschaft, - ich will nicht noch mal so eine Entbindung überstehen wie die letzte, bei der wäre ich fast verblutet.«

»Nun Sie führen doch einen Kalender nicht wahr? Die Methode ist zwar nicht hundertprozentig, bietet aber doch eine gewisse Sicherheit. Und dann gibt es noch die mechanische Verhütung mit Kondomen.«

Betty schämte sich. Sie wollte nicht zugeben, dass ihr Mann den Menstruationskalender führte, sie war zu unbedacht und lebte oft in den Tag hinein. Es war lästig, alles aufzuschreiben und Temperatur zu messen. Das musste sie auch vor ihrer Mutter verheimlichen, das hätte unendliche Diskussionen, Vorwürfe und Sündenandrohungen hervorgerufen.

Betty bahnte sich ihren Weg durch das volle Wartezimmer, verfolgt von vorwurfsvollen Blicken der Wartenden. Ja, ja, ich gehe schon, was wisst ihr denn von meinen Sorgen, dachte sie. Auf dem Heimweg, ein langer Weg durch die mittelalterliche Stadt und die engen Gassen beruhigte sie sich ein bisschen. Ich werde das Rezept gleich bei meiner Apotheke bestellen, mir ist nur der Blick der Apothekenhelferin unangenehm, das ist jetzt schon das dritte Beruhigungsmittel in kurzer Zeit.

Immer wieder traf sie auf dem Weg Bekannte, musste grüßen, stehen bleiben und begründete ihre Hast mit der Kälte draußen. Dabei bin ich gar nicht kälteempfindlich, aber es ist so bequem, eine harmlose Lüge, dachte Betty. Eine Bekannte gab ihr den Rat, sich wärmer anzuziehen, Betty trug nur einen dünnen Frühjahrsmantel.

Blöde Ziege, dachte sie, was geht die das an.

Ihr Mann hatte vorgeschlagen, seinen guten Kriegskameraden, einen Nervenarzt, in der benachbarten Bezirksstadt zu konsultieren. Davon wollte sie nichts wissen, sie war misstrauisch, was die Männer hinter ihrem Rücken zu besprechen hatten, die Freundschaft der beiden Männer machte sie unsicher, sie fühlte sich ausgeschlossen.

Tief in Gedanken ging Betty weiter, sie hatte keine Lust bald zuhause anzukommen. Das ewige Gerenne um Mahlzeiten, die Fragen der Angestellten nach den Einkäufen, Essensfolgen, die Kinder, die ständig ihre Aufmerksamkeit forderten. Das tun sie eigentlich gar nicht, kam dann ihre Erkenntnis. Ihre Mutter hatte wieder das Regiment übernommen, die Kinder wichen der Großmutter aus, drückten sich, wo sie konnten, sogar der kleine zweieinhalbjährige lief hinter den Schwestern her, oder hing am Kindermädchen.

Hoffentlich bin ich nicht schon wieder schwanger, sie fühlte sich so kraft- und freudlos. Müde setzte sie sich auf eine Bank, völlig gleichgültig, ob sie beobachtet wurde.

Sie spürte die Kälte kaum, für März war es noch sehr frostig. Das Zwitschern der Kohlmeisen, die ersten Braut-Rufe der Buchfinken, der süße Gesang der Amseln, das gesamte Vogelorchester drang nicht zur ihr durch, sie war wie in Watte gepackt und konnte nichts fühlen, außer dumpfem Unbehagen.

Die Medikamente helfen auch nicht viel gegen meine Angst, dachte sie. Sie konnte ihre Angst nicht dingfest machen, sie war einfach da. Angst vor Krankheit, vor Geldmangel, die Krankheiten ihrer jüngeren Tochter, die sie allmählich abstumpften, sie hatte keine Kraft mehr.

»Aber dir wird doch alles abgenommen«, Betty erinnerte sich an die anklagende Stimme ihrer Schwägerin Martha.

»Du hast alles, du musst nicht schwer arbeiten, sei doch endlich mal dankbar.«

Sie ist ein gefühlloser Trampel und Diktator, dachte Betty. Sie soll mich in Ruhe lassen und sich nicht ständig einmischen. Sie hörte sehr wohl die frühmorgendlichen Telefonate ihres Mannes mit seiner Schwester, sie begriff, dass er Anweisungen erhielt, wie er seine Ehe und vor allem sie, zu führen hatte. Während er glaubte, sie würde schlafen, beklagte er sich am Telefon über ihr Verhalten, ihre Unzulänglichkeiten, ihre mangelnde Stärke.

Es war wie ein Déjà-vu, sie hatte in ihrer ganz jungen Ehe die gleichen Erlebnisse gehabt, nur dass da noch mehr Verwandte mitmischten.

Wann hatten denn diese Ängste angefangen? Betty war nie frei von Angst, schon als Kind nicht. Angst vor der Verdammnis, von der Mutter angedroht, Angst vor ihren Strafen, meistens Schläge, Angst vor der Dunkelheit. Nach dem Tod ihres kleinen Bruders waren sie schlimmer geworden, gesteigert hatte sich das noch nach einem Unfall auf der Wäschestange. Bella und sie sollten in die Maiandacht gehen. Natürlich war da die Wäschestange auf der Wiese viel interessanter, Bella wollte ihre neuesten Turnleistungen vorführen und Betty wollte nicht zurückstehen, zumal alle Kameraden als Zuschauer herumstanden. Betty stürzte schwer auf den Kopf, lag einige Zeit bewusstlos im Gras. Sie hatte eine Platzwunde am Kopf, die nur mäßig blutete. Bella schärfte ihr Stillschweigen ein, die Strafe von der Mutter wäre heftig ausgefallen. Über die Kopfwunde kämmte Bella die Haare darüber.

Am Abend hatte Betty heftiges Kopfweh, in der Nacht musste sie erbrechen. Niemand informierte die Eltern der beiden, dass ein Unfall geschehen war. Betty musste wegen Schwindelattacken das Bett hüten, was ihr den Verdacht der Simulantin einbrachte. Es ging ihr dann nach etwa zwei Wochen besser. Betty schob diese trüben Erinnerungen beiseite, sie fasste einen Entschluss.

Das geht alles nicht mehr, sie stand schwerfällig auf:

Ich will dieses Leben nicht mehr.

Zu den Eltern zurück? Auf keinen Fall, mit ihrer Mutter, mit dem ewigen Beten und den Vorschriften kam sie noch weniger klar.

Ein Ort, an dem ich einfach schlafen kann, wann ich will, essen kann, wann ich will, niemand von mir etwas fordert. Eine Klinik? Da war Betty schon mehrmals gewesen, der Gedanke war gar nicht abschreckend.

Aber mein Mann, meine Kinder? Ach, die sind ohne mich besser dran. Sie hätte eigentlich erschrecken müssen, wie dürftig ihre Gefühle waren, die sie für ihre Familie hegte.

1. Generation:

Anna sprach mit dem Monsignore, Mitglied im Domkapitel

»Anna, wir wollen mal über deine Arbeit hier reden.«

Anna waren diese Besprechungen mit dem Monsignore, so bedrohlich sie am Anfang auch waren, jetzt vertraut und auch zielführend.

»Du hast ja nach und nach ziemlich viele Pflichten von Gertrud übernommen, ihre Gesundheit wird in letzter Zeit immer schlechter. Sie wird bald in Rente gehen, lange kann ich es nicht mehr verantworten, dass sie sich so verausgabt.

Du machst ja auch noch die Schreibarbeiten für den Bibelkreis, den Frauenverein, die Kommunions Vorbereitung. Und dann natürlich der gesamte Pfarrhaushalt, der liegt jetzt auch noch in deiner Verantwortung.«

Das war Anna alles bewusst, sie war abends redlich müde und manchmal auch richtig erschöpft, obwohl sie noch keine dreißig Jahre alt war. Es war ein Haushalt für acht Personen, eingerechnet mit ihr und dem kirchlichen Hilfspersonal.

Der Monsignore musterte Anna lange. Sie bemerkte es nicht, sie hatte den Kopf gesenkt, eine ihrer seltenen Pausen, die sie durchatmen ließen. Annas Gesundheit war robuster geworden, sie spürte von ihrer früheren TBC nichts mehr. Sie war stolz auf ihre Zuverlässigkeit und ihre rasche Auffassungsgabe, sie wollte Hochwürden noch mehr entlasten.

Ihre Arbeit hier unterschied sich ganz erheblich von der Arbeit hinter Klostermauern. Sie war für vieles eigenständig verantwortlich, durfte entscheiden, bestimmen, das lag ihr besonders. Sie war nicht gerade beliebt in der Kirchengemeinde, das lag wohl auch an ihrem wortkargen und fast schroffen Wesen. Aber ihre Tüchtigkeit wurde nie angezweifelt.

Dem Geistlichen war bewusst, dass Anna schon ziemlich übergriffig sein konnte, sowohl was die Bereiche seiner Amtskollegen, als auch seine Angelegenheiten anging.

Er wünschte sich von ihr etwas mehr Geduld und vor allem Toleranz, bei diesem Gedanken stieß er einen tiefen Seufzer aus. Ihre Abneigung gegen alles Nichtkirchliche, gegen die protestantische Bevölkerung, sozusagen gegen das Weltliche, nahm oft fanatische Züge an.

Mehr und mehr überließ er ihr vieles an Organisation, es war so bequem, aber auch gefährlich, wie ihm jetzt wieder einmal bewusst wurde.

Er hatte sie zufällig bei der Hausarbeit beobachtet, wie sie hingebungsvoll seine Leibwäsche bügelte, das Gesicht vom Dampf gerötet, hatte gesehen, wie sie verstohlen über seine ausgebürstete Soutane strich, wie sie sorgfältig die Kleidung für den nächsten Tag bereitlegte.

Unterdrückte Zweifel, die bisher an ihm genagt hatten, drangen jetzt mit aller Macht in sein Bewusstsein. Er hatte es viel zu lange schleifen lassen, Annas wachsende Zuneigung und Unterwürfigkeit nahmen bedrohliche Züge an.

Für eine junge Frau war Anna tiefernst, - mehr noch - freudlos. Seine Vorgesetzten hatten wieder einmal gemahnt, das Provisorium zu beenden. Eine ältere Haushälterin sollte an Annas Stelle treten und die Vorgängerin in Rente gehen.

Noch ließ er davon nichts verlauten, er fürchtete ihre Reaktion, zudem hatte er noch einen eigenen Plan in der Schublade.

»Anna, wolltest du eigentlich mal etwas anderes machen nach dem Kloster?«

Sie war tief in Gedanken gewesen, fast schon ein bisschen eingenickt, der bullernde Ofen und die tickende Uhr hatten eine einschläfernde Wirkung.

»Aber Hochwürden, was hätte ich denn anderes machen wollen? Ich kann das, was ich hier mache, doch an keinem anderen Ort tun?«

»Oh doch, Anna, deine Fähigkeiten könntest du überall einsetzen, du hast Kochen und Hauswirtschaft gelernt, du machst hier einen guten Teil der Verwaltung.«

Anna bewegte sich unruhig. Wozu sollte dieses Gespräch hier führen?

»Hochwürden, sind Sie mit mir nicht zufrieden? Ich kann doch nicht ins Kloster zurück?«

„Nein, nein“, der Geistliche machte eine beschwichtigende Geste.

»Wir brauchen dich hier wirklich. Aber ich dachte an dich und deine ganz persönliche Situation.«

»Hast du mal daran gedacht, selbst eine eigene Familie zu haben?«

Sie hielt jetzt tatsächlich die Luft an, so bestürzt war sie.

»Nein, nein, das ist mir nie in den Sinn gekommen. Ich glaube, dafür bin ich nicht geeignet.

Ich bin doch eigentlich immer noch die Braut Jesu, auch wenn das Kloster mich nicht mehr behalten kann.«

»Aber Anna, du hattest doch die Ewigen Gelübde noch gar nicht abgelegt.“

»Ja, aber doch nur, weil ich krank wurde.«

»Ich habe ja nicht gesagt, dass das deine Schuld war. Hast du denn das Gefühl, dass es hier wie im Kloster ist?«

»Ja, doch, es ist ähnlich, ich habe nur viel mehr Pflichten, aber auch mehr Entscheidungsfreiheit und weniger Zeit zum Beten.«

»Anna, du bist von oberster Kirchenstelle entpflichtet worden, es ist alles Rechtens, du hast dir nichts zuschulden kommen lassen. Ich glaube, dass der Herr mit dir noch etwas anderes vorhat.«

Manchmal, wenn Anna junge Frauen mit ihren Säuglingen und Kindern beobachtete, fragte sie sich, ob sie das je schaffen würde, immer ihre Bedürfnisse zurückzustellen, ganz für die Familie da zu sein. Sie sah, dass einige Frauen zufrieden aussahen, ja auch glücklich.

So wirkte auch ihre ältere Schwester, die ging ganz in ihrem Mutterglück auf. Die anderen waren bis jetzt kinderlos, - ein geheimer Kummer ihrer Schwestern.

»Nun Anna, ich will dich nicht weiter von deiner Arbeit abhalten.«

Sie stand langsam auf, das Gespräch war für sie zu abrupt beendet. Zudem argwöhnte sie, steckte da eine bestimmte Absicht dahinter. Der Monsignore spürte ihr Misstrauen. Das ist mir aber gründlich missglückt, dachte er.

Der ganze restliche Tag war für Anna von diesem Gespräch überschattet. Sie hatte die Vorgesetzten ihres Pfarrers oftmals im Pfarrhaus bewirtet, auch einiges von den Gesprächen aufgeschnappt. Ganz blöd bin ich ja auch nicht, dachte sie. Hier ist etwas im Gange und er ist zu gütig, um es mir schonungslos zu sagen. Sie betrachtete sich als seine rechte Hand.

Eigentlich möchte ich ihn mehr beschützen, er mutete sich mit seinem fortgeschrittenen Alter viel zu viel zu. Ihr tiefer Respekt vor ihm hielt sie davon ab, allzu Persönliches zu fragen oder von sich etwas preiszugeben. Ich habe niemand, mit dem ich vertraut reden könnte, die ältere Gertrud war nicht allzu fromm und liebte den Klatsch der Kirchengemeinde, den Anna aus tiefstem Herzen verabscheute. Manchmal saß Anna allein im Pfarrgarten, hörte dem Wind zu, der die Fensterläden knarren ließ, überlegte was man im nahenden Frühjahr aussäen könnte oder betete, las Texte aus ihrem Kirchen-Tagebuch, jeweils für die passende Woche im Kirchenjahr. Sie ahnte, dass eine Änderung bevorstand, sie hatte aber keine Vorstellung, wie das für sie ausgehen sollte.

Vorübergehende nahm sie gar nicht wahr, sie war eingesponnen in ihre Gedankenwelt.

Ein lautes Zuschlagen der Gartentür ließ sie erschrocken auffahren, der Geistliche kam auf sie zu.

»Anna, hast du heute Abend noch Pflichten in der Gemeinde?«

»Nein Hochwürden, der Herr Kaplan hat jetzt die Kommunionskinder am späten Nachmittag.«

»Dann komm doch später in mein Arbeitszimmer, bring zwei Gläser Wein mit.«

Das kam selten vor, dass er Wein trank, ihr hatte er noch nie einen angeboten.

»Sagen wir nach der Abendandacht.«

Er ging langsam mit gebeugten Schultern zum Hintereingang.

Sie legte im Arbeitszimmer das Feuer neu auf, es war noch sehr kühl am Abend. Beim kurzen Lüften hörte sie den frühen Gesang einer Amsel. Die traut sich was, dachte sie, es kommt bestimmt noch mal Frost.

Allmählich erwärmte das Holzfeuer den Raum, ein herbes, bitteres Aroma lag in der Luft, Anna schloss die schwere Ofenklappe und stellte für sich einen niedrigen Hocker bereit.

Ihr war immer kalt, aber das wollte sie übergehen, sie wollte keine Schwächen zeigen.

Ich will keine Schonung oder Sonderrechte.

Der ältere Mann ließ den Wein im Glas kreisen, hielt ihn dann gegen das Licht, er überlegte, wie er das Gespräch anfangen sollte. Anna verfolgte die goldenen Lichtreflexe des Glases, sie spiegelten sich auch auf den Zügen ihres Gegenübers, sein weißes Haar schimmerte und sie dachte wieder einmal, das seine Güte sich vor allem in seinen Gesichtszügen ablesen ließ. Es war dämmrig im Raum, nur der Ofen mit seinem Sichtfenster und eine kleine beleuchtete Heiligenstatue verströmten Licht, das sich in den Weingläsern spiegelte.

»Nun Anna, ich denke, du brauchst einen Mann.«

Es war sehr still, nur das Holz im Ofen knackte. Anna hatte zwar den Satz gehört, aber nicht verstanden. Bevor sie antworten konnte, beeilte sich der Monsignore mit seiner Erklärung.

»Ja, ja, du bis jetzt ordentlich erschrocken. Was ich meine, du brauchst eine neue und größere Aufgabe. Du musst eine Familie gründen, hier ist deine Aufgabe bald beendet.

Ich habe auch schon einen geeigneten Kandidaten für dich.« Anna nahm ein Brausen in ihren Ohren wahr, für einen Moment wurde ihr schwarz vor Augen. Nur jetzt keine Ohnmacht, die Ohnmachten hatten sie früher öfters geplagt, eine Folge des niedrigen Blutdrucks, hatte man ihr erklärt.

»Nun was sagst du?«

Erst jetzt sah ihr der Geistliche ganz bewusst ins Gesicht, nahm ihre tiefe Blässe und die gerunzelten dunklen Brauen wahr, eine unbewusste abwehrende Handbewegung ließ ihn innehalten.

»Wer soll das sein?« Mit rauer Stimme, noch tiefer als sonst, stieß sie den Satz hervor.

»Nun, du hast ihn schon mal gesehen, es ist mein Neffe Willi. Er ist Anwärter für einen Lokomotivführer. Und der braucht eine Frau. Er war auch Soldat im Krieg, wie viele andere auch.

Er ist viel zu schüchtern, um selbst zu suchen, aber er ist ein herzensguter Kerl und für sein Alter schon sehr gesetzt und gewissenhaft.«

Nach einer kleinen Pause fuhr der Geistliche fort:

»Ich habe natürlich brieflich deine Eltern um Erlaubnis gebeten, darüber mit dir zu sprechen, sie sind nicht abgeneigt.«

Anna glaubte, in einen saugenden Kreisel hineingezogen zu werden. Schweiß perlte von ihren Schläfen, ein regelrechter Drehschwindel packte sie.

Das kam sicher nicht vom Wein, sie hatte davon kaum genippt. Anna hielt sich an der Schreibtischplatte fest, sie schwankte mit dem Oberkörper hin und her.

»Ich werde die Gertrud rufen«, Hochwürden war nun sichtlich erschrocken.

»Nein, nein, die darf mich nicht so sehen. Es geht schon wieder, ich muss in die Kirche.«

Sie stand schwer atmend und schwankend auf, tappte hinaus in den dunklen Flur.

Aus der Küche klangen Gesprächsfetzen zu ihr herüber, sie hörte den Kaplan mit Gertrud lachen, ein Suppengeruch hing noch schwer in der Luft. Sie hat wieder zu viel Majoran und Liebstöckel genommen, das kann sie einfach nicht lassen, das ist widerlich, fuhr es Anna durch den Kopf.

Ein Brechreiz trieb sie in den Garten.

Dort zwang sie sich, tief Luft zu holen. An das Suppengewürz zu denken, so was Lächerliches, ich habe weiß Gott anderes zu tun.

Auf der harten Kirchenbank kniend, versuchte sie, sich an Willi zu erinnern. Er war nicht sehr groß, das wusste sie noch. Keine drei Worte hatte sie mit ihm gewechselt, sie hatte ihren Vorgesetzten und ihn am Tisch bedient.

Der ist doch kleiner als ich. Naja, für eine Frau bin ich wirklich groß, das war zu erwarten.

Die angekündigte Trennung vom Pfarrhaushalt schnürte ihr den Hals zusammen. Das werde ich nicht schaffen, niemand anders hat sonst ein gutes Wort für mich, ich brauche seine Güte - ja und auch seine Liebe. Das war es, was Anna niemals denken, geschweige denn aussprechen wollte. Die folgenden Gedanken an Ehe und sexuelle Intimitäten riefen geradezu Ekel in ihr hervor.

Mechanisch holte sie den Rosenkranz aus der Schürzentasche und fing an, zu beten.

2. Generation:

Betty bekam einen Hausbesuch vom Nervenarzt, einige Tage nach der Entbindung des vierten Kindes

Georg war ein langjähriger Freund ihres Ehemannes. Er saß in einem Sessel und lauschte zerstreut dem alltäglichen Haushaltstrubel:

Bettys Mutter mit ihrer Kommando-Stimme, das Getrappel der drei anderen Kinder, das Rufen des Kindermädchens.

Draußen pflügten Autos laut schmatzend durch den Schneematsch. Es war sehr warm im Zimmer, die Dampfheizung, eine ganz neue Errungenschaft, lief auf Hochtouren.

Neben Betty wimmerte der Säugling leise im Schlaf.

Georg straffte sich, holte seinen Rezeptblock und wechselte in seine professionelle Position. Das war nicht leicht, er kannte Betty schon vor Kriegsbeginn. Sie lag völlig apathisch in dem großen Ehebett, die dichten schwarzen Haare klebten schweißnass an den Schläfen.

»Du hast doch wieder eine Hausgeburt gewollt, obwohl die letzte doch beinahe schief gegangen wäre?«

Betty drehte ihr Gesicht zu ihm. »Ja, aber ich habe doch so Angst vor diesem Krankenhaus.«

»Wie schläfst du?«

»Ans Durchschlafen ist gar nicht zu denken, der Kleine kommt alle Stunde, er ist nicht sehr kräftig.«

»Hat dein Mann eine Kinderschwester geholt?«

»Die kommt nur tagsüber und die will von den anderen noch bedient werden, es hat schon wieder Krach mit meiner Mutter gegeben.«

»Die tritt auf, wie der liebe Gott persönlich.«

Sie erwiderte Georgs Grinsen mit einem schwachen Lächeln.

»Na, da höre ich doch meine alte Betty. Ein bisschen Humor ist dir zum Glück noch geblieben.«

Betty setzte sich mit schmerzverzerrtem Gesicht langsam auf. Georg musterte sie besorgt. Ihr fein gezeichnetes blasses Gesicht war jetzt schweiß- überströmt, es wird wohl die Schwäche sein, beruhigte er sich selbst. Sie ist schließlich eine Wöchnerin.

»Ich kann dieses Kind nicht auch noch aufziehen, ich schaffe es nicht mehr.«

Georg war auf diese Reaktion vorbereitet. Sein Freund hatte ihn, hilflos und aufs Höchste alarmiert, angerufen.

»Nun Betty, du musst dich erst mal erholen, in ein paar Wochen sieht alles ganz anders aus. Hast du denn jetzt mal etwas gegessen, du stillst doch?«

»Ich kriege nichts runter, ich habe keinen Hunger, alles schmeckt wie Pappe.«

»Betty, ich verschreibe dir ein neues Präparat, ich verspreche mir viel davon. Es ist ein Diazepam, das wird dir helfen.«

»Ich werde jetzt auch mal die Schwester instruieren, sie soll den Kleinen hier rausholen, damit du ein bisschen schlafen kannst. Und dann braucht ihr ein neues Kindermädchen, das jetzige Mädchen heiratet doch bald?«

Betty drehte sich aufseufzend zur Seite, weg von seinem prüfenden Blick.

»Ich kann mich darum nicht kümmern, ich will auch nicht mehr. Ich werde den Kleinen meiner jüngeren Schwester geben, die ist ganz angetan von dieser Idee«.

»Und dein Mann?«

Nie und nimmer wird der seine Zustimmung geben dachte Betty, sie hatte schon böse Wortwechsel mit ihm gehabt.

»Meine Schwester kommt Ende der Woche, dann sehen wir weiter.«

Das wird nicht leicht werden für Edwin, Georg war nun auch aufs Höchste besorgt. Einige Diagnosen boten sich ihm hier an, keine gefiel ihm.

Wenn sie viel Unterstützung bekommt, dann wird das in drei bis vier Wochen besser aussehen. So hatte er auch bei seinem Freund argumentiert.

»Es ist eine Hormonumstellung, viele Dinge spielen da mit hinein. Mach ihr kein schlechtes Gewissen, damit plagt sie sich schon selbst herum.«

Georg zögerte bei seinem nächsten Vorschlag, er wusste, dass es nur die zweitbeste Möglichkeit war.

»Vielleicht sollten wir sie wirklich noch mal in die Gerl-Klinik schicken, wenn das Kind hier gut versorgt wird, wäre das eine Möglichkeit, mit der Betty auch einverstanden wäre, sie hat sich dort immer gut erholt.

»Und wenn ich drei Leute dafür einstellen muss, der Kleine bleibt hier, er ist doch mein eigen Fleisch und Blut«, entgegnete sein Freund erregt und auch zornig.

»Edwin, du weißt, dass ich Betty gern in die staatliche Nervenklinik einweisen würde, wir haben davon doch mehrmals gesprochen?« Georg sprach weiter, er übersah geflissentlich die unwirsche Handbewegung von Edwin.

»Sie braucht jetzt wirklich gute fachliche Betreuung, ich kann es eigentlich nicht mehr verantworten, so weiterzumachen.«

»Da wird sie niemals einwilligen, du kennst ihre Abneigung gegen alles Staatliche. Außerdem, was sollen denn die Leute denken, meine Frau in der Irrenanstalt?« Georg seufzte resigniert, er gab sich geschlagen.

Georg versprach, Edwin täglich anzurufen und fuhr langsam und nachdenklich mit dem alten VW in seine Praxis in der großen Stadt.

Die täglichen Telefonate mit dem Nervenarzt ergaben keine Entwarnung. Betty wollte immer noch nicht essen, der Hausarzt hatte in Absprache mit der Hebamme abstillen lassen.

Der Kleine vertrug die Umstellung sehr schlecht, er hatte Krämpfe und Blähungen. Bettys jüngere Schwester kümmerte sich um ihn, sie hatte selbst drei Kinder und ging in ihrer Mutter-Rolle ganz auf.

Es war auch nicht leicht, die Großmutter Anna mit ihren Vorwürfen und Sündenandrohungen von Betty fernzuhalten.

Letztendlich entschied der Freund Georg, Betty in die Gerl-Klinik einweisen zu lassen.

3. Generation:

Mary zog mit ihrer dringenden Mutterfrage Bilanz

Wenn ich schon an die Wurzel meiner chronischen Erkrankung will, dann sollte ich auch die Rückschau als Kind und Jugendliche ganz realistisch betreiben.

Als meine eigene Tochter ca. vier Jahre alt war, wurde mir langsam bewusst, dass ich kaum eine Vorstellung hatte, wie eine Mutter sein sollte.

Ich konnte mir ja Vorbilder aussuchen, bei meiner Schwiegermutter angefangen bis zu den Müttern der Freundinnen. Aber das war höchst unbefriedigend. Ich hatte überall Einwände, nichts schien mir umsetzbar und vergleichbar.

Ich wäre zu kritisch, dieser Vorwurf wurde mir schon seit frühester Jugend immer wieder gemacht. Zu kritisch heißt... zu genau hinschauen?

Langsam wurde mir klar, dass ich diese Frage mit dem Verstand allein nicht beantworten konnte.

Ich habe z.B. Neugeborene niemals für den Ausbund von Schönheit gehalten. Sie waren rot und verschrumpelt, die kleinen Hände waren natürlich niedlich. Einige Wochen später entsprachen sie eher meiner Vorstellung von süüüüüß.

Nun könnte man argumentieren, du bist mit zu wenig Bindung aufgewachsen, damit kämpfst du schon dein ganzes Leben. Ich habe auch später die Probleme mit meinen Kindern, sei es in

Schule oder Beruf niemals in einem verklärenden Licht gesehen, oder die rosa Brille aufgehabt.

Woher kommt diese Härte? Hatte Oma Anna da immer noch ihre Finger im Spiel?

Wir hatten als Kinder immer den Eindruck, dass sie gegenüber ihren Kindern und Enkelkindern gnadenlos war, mit einer rühmlichen Ausnahme, nämlich der einzige, verbliebene Sohn, nur der konnte alles richtig machen.

Und meine Mutter, die Tochter von Oma Anna?

Als erstes fällt mir ihr Desinteresse ein, vor allem mir gegenüber. Sie war mit ihren Krankheiten, mit ihrem Perfektions- und Putzwahn, mit ihren Angstzuständen zu beschäftigt, da war kein Platz für die Befindlichkeiten ihrer Kinder.

Ich baute mir Stück für Stück ein Puzzle zusammen, versuchte zu verstehen, warum sie so auf uns gewirkt hatte. Hatte sie eigentlich Mitleid verdient?

Wann hat sich ihre Persönlichkeit so stark verändert, dass sie überhaupt nicht mehr in das Bild der jungen Frau passte, das meinen Vater so bezaubert hatte?

Sie war 16 Jahre alt, als sie sich kennen lernten, er selbst war zehn Jahre älter und schon ein erfahrener Frontsoldat.

Er hat sie quasi in sein Dorf abgeschleppt, dachte ich früher oft respektlos. Das traf nicht ganz zu. Er hatte sie vor der Flak bewahrt, sie hatte schon einen Einberufungsbescheid, dort starben die jungen Frauen wie die Fliegen. Sie wurde mit 18 in ein fremdes Dorf verpflanzt, tat sich mit dem Dialekt und den rigiden Vorurteilen schwer. Mein Vater hatte mal gerade ein paar

Tage Zeit für die Hochzeit und dann musste er wieder an die Ostfront.

Und dann die lange Zeit des Wartens auf ihn, das Gezänk der Schwäger und Schwägerinnen, die erste Schwangerschaft allein, weit weg von zu Hause.

Hier lag irgendwo der Schlüssel, oder ist das erst nach meiner Geburt passiert?

Oder war das noch viel früher, haben die Veränderungen schon in ihrer Kindheit angefangen, waren ihre Angstzustände als Kind bereits grenzwertig?

Mir fiel wieder ein, dass sie immer im Bett ihres Vaters schlafen durfte, weil sie Angst vor der Dunkelheit hatte, so wurde es erzählt.

Meine Oma duldete nachts nirgendwo Licht. Na, wir hatten nachts auch Angst. Uns wurde von der Oma erzählt, der Teufel schlafe nachts unter unserem Bett und wenn wir Schlechtes taten oder redeten, dann konnte er uns holen. Von da an hatte ich nie mehr die Beine aus dem Bett gestreckt.

Damit hatte mein fünf Jahre jüngerer Bruder schwer zu kämpfen, er hatte immer wieder Weinkrämpfe und kam dann zu mir ins Bett.

Aber es ging offensichtlich in dieser Familie auch anders. Eine Schwester meiner Oma, meine Großtante, war in unseren Augen eine famose Person. Sie hatte in die Posthalterei in Reining eingeheiratet und immer wieder waren wir Großnichten im Sommer zu Kaffee und Kuchen in den großen Wirtsgarten eingeladen. Ein kleiner Bach plätscherte durch den Garten, er war überwuchert mit Sauerampfer und Löwenzahn. Das Summen der Bienen und Hummeln, das Zirpen der Grillen machte uns im Gras richtig schläfrig. Wir durften spielen, keiner wusch uns die Hände oder mahnte die Sauberkeit unserer Kleidung an.

Die Erwachsenen saßen am Tisch, sogar unsere Großmutter wirkte weniger grimmig und meine Mutter lachte erstaunlich viel.

2. Generation:

Betty sprach mit Georg, dem Neurologen, in dessen Praxis

»Betty, ich habe mir heute extra viel Zeit für dich genommen. Wir müssen uns mal ausführlich unterhalten. Bedrückt dich zurzeit etwas?«

»Ich mache mir immer Sorgen, es vergeht kein Tag, an dem ich mich sorgenfrei und unbeschwert fühle.«

»Was ist denn mit deinen Kindern?«

»Die Kleinen sind im Kindergarten, die mittlere ist im Internat und die Große hat bei uns im Geschäft angefangen.«

»Sind es wieder Geschäftssorgen?«

»Edwin erzählt mir nicht alles, - nachts nach der letzten Zigarette im Bett fängt er dann an, dass er morgen mal wieder schnell eine Viertelmillion Mark für die Bank braucht.

Da kann ich dann die ganze Nacht nicht schlafen.

Damit ist für ihn das Thema erledigt, er dreht sich um und alles ist vergessen. Früh springt er schon um fünf aus dem Bett, da bin ich noch gar nicht richtig eingeschlafen.«

»Hast du dir schon immer viel Sorgen gemacht?«

Betty runzelte die Stirn, was steckte hinter dieser Frage schon wieder? Sie versuchte, sich bequemer hinzusetzen, Georg kramte jetzt in seinen Papieren.

»Wie ist denn dein Verhältnis zu deiner älteren Schwester?«

»Die war schon immer völlig anders als ich. Sie hatte weniger Angst, sie hat sich mit unserer Mutter ständig angelegt. Sie ist mit 16 nach ihrer Ausbildung nach Paris durchgebrannt, ohne Papiere. Dort hat sie ihr späterer Mann am Bahnhof aufgefischt und hat sie mit in seine Unterkunft genommen, das war damals natürlich streng verboten. Aber er hatte einen ziemlich hohen Dienstrang bei der Waffen-SS, er hatte ihr Papiere besorgt und eine Stellung in der Kommandantur in Paris verschafft, sie konnte gut Maschineschreiben und Stenografie und fließend Französisch und Englisch in Wort und Schrift. Später, als sie mit ihm verlobt war, sind wir oft zu viert im Wald spazieren gegangen, Bella mit ihrem Verlobten, Edwin und ich.«

Die Erinnerung daran zaubert ein schüchternes Lächeln auf Bettys Gesicht.

»Davon gibt es auch ein schönes Foto, das war, bevor ich dann im Wald Edwin davongelaufen bin.

Wir waren alle in Uniform, mit den schicken Käppis auf dem Kopf, da waren mein Rock und meine Strümpfe noch nicht zerrissen.“

Die Augenbrauen fragend erhoben, blickte Georg Betty lange an. Sie sah sich zu Erklärungen genötigt.

»Hat er dir davon nie erzählt? Also, wir haben uns im Wald von den anderen irgendwann getrennt. Dann... wollte Edwin ein bisschen mehr als nur ein paar Küsse, wir lagen im trockenen Gras und er machte sich an meiner Kleidung zu schaffen.«

Wir müssen ein schönes Ringkampf-Bild abgegeben haben, dachte Betty mit einem Anflug von Humor.

»Ich hatte wirklich noch keine Ahnung, was er da wollte und bin aufgesprungen, habe meine Schuhe verloren, mein Rock und meine Strümpfe waren zerrissen und ich bin Hals über Kopf in die Stadt gerannt. Am Stadtrand hatte er mich dann eingeholt, die anderen waren auch schon da und wir haben darüber nie wieder ein Wort verloren. Bella wollte mit mir darüber reden, sie wollte mich wohl aufklären, denn sie hatte in Paris sicher kein Klosterleben geführt. Aber ich habe mir die Ohren zugehalten, ich wollte wohl die Wirklichkeit nicht anerkennen. Ich hätte es mir doch denken können, schließlich hatte meine Mutter bei den Besuchen von Bellas Verlobten ihn abends immer mit Nachttopf ins Gästezimmer eingesperrt«.

Jetzt musste Betty sogar lachen, auch Georg lachte mit. Betty seufzte.

»Was war ich doch für ein dummes Schaf. Über nichts wurde so oft getuschelt wie über heimliche Treffen, verbotene Fummeleien und die Angst davor, schwanger zu werden.«

»Nimmst du noch dein Librium?«

»Ja, hin und wieder.«

Das stimmt nicht, dachte Betty, ich nehme es jeden Tag, aber Georg hat mich ermahnt, es nicht dauernd zu nehmen.

»Ich glaube, meine Schilddrüse spielt mir wieder übel mit, ich habe dauernd furchtbares Herzklopfen und mir ist heiß, ich schwitze viel.«

»Gibt es denn Gelegenheiten, bei denen du mehr Herzklopfen hast?«

»Wenn ich aus einem schlechten Traum aufwache, oder wenn Edwin wieder von Geldsorgen spricht.«

»Was sind das für Träume?«

»Es sind die Kriegszeiten, von denen ich träume und in letzter Zeit ist es der Tod meines kleinen Bruders.«

Georg fragte überrascht.

»Ist der kürzlich gestorben?«

»Nein, nein, da war ich sieben Jahre alt. Wir Kinder sind damals in die Wiesen zum Spielen gelaufen und Hermann hat nach mir gerufen und geweint. Er war zwei Jahre alt und zu der Zeit ziemlich krank, er hatte die Ruhr.

Ich wollte ihn nicht mitnehmen, er hatte uns beim Versteckspielen immer die Tour vermasselt.

Aber meine Mutter meinte, Hermann ginge es besser, ich soll ihn mitnehmen und auf ihn aufpassen.«

»Du hattest doch noch eine ältere Schwester?«

»Ach die hat sich überhaupt nicht um Hermann gekümmert, der wollte auch nie zu ihr.«

»Herrmann wollte dann nicht mehr mitspielen, ich habe ihn ins Gras gesetzt und bin mit den anderen hinter die Bäume am Waldrand.«

Abends, als wir nach Hause liefen, merkte ich, dass seine Hose ganz nass war. Das hat mir dann ein paar saftige Ohrfeigen eingebracht, weil ich ihn dasitzen ließ und in die Hose hatte er auch gepinkelt.

Nachts hörte ich den Doktor im Flur laut reden, es war ein Gerenne, die Türen schlugen auf und zu. Ich hörte Herrmann wimmern. Ich glaube, der Doktor hatte mit meiner Mutter laut geschimpft, ich hörte sie weinen, das ist ganz selten passiert.

Am nächsten Tag mussten wir nicht in die Schule, obwohl es ein Werktag war.

Mein Vater kam in die Küche, sogar wir Kinder bemerkten, dass er grau im Gesicht war.

Er kochte uns Malzkaffee. Wir waren so beklommen, wir trauten uns nicht zu fragen, warum er nicht bei der Arbeit war. Die Fenster waren weit offen, es war schon ziemlich warm für den Frühsommer, auf der Straße holperten die Fuhrwerke und die Klassenkameraden lärmten auf ihrem Schulweg, der an unserem Haus vorbei führte. Der Wind spielte in den Häkelgardinen, ich dachte, dass kann die Mutter gar nicht leiden, dass die Fenster so weit geöffnet waren, sie wollte nicht, dass unten die Nachbarn unsere Gespräche mithören konnten.

Dann kam meine Mutter herein. Sie blieb an der Tür stehen, sie trug schwarze, dicke Sachen und starrte mich an.

„Hermann ist gestorben und du bist schuld daran", schrie sie mich an.

Mein Vater ging auf sie zu und wollte ihr die Hand auf die Schulter legen.

„Anna, sie ist ein Kind".

Meine Mutter schlug seine Hand weg, - dann verpasste sie mir einen Schlag ins Gesicht, der mich vom Stuhl fegte.

Ich blieb liegen, den Kopf auf den Boden gepresst. Meine Mutter war aus der Küche gestürzt und hatte sich im Schlafzimmer, in dem Hermann aufgebahrt war, eingeschlossen.

Die Verwandten und die Nachbarn gaben sich die Klinke in die Hand, den ganzen Tag war Gemurmel und Geflüster in der Wohnung zu hören. Eine Tante, eine der Schwestern meiner Mutter nahm uns mit in die Kirche. Da saßen wir auf der Bank, die Tante betete den Rosenkranz und wir murmelten ein bisschen mit.

Es roch nach kaltem Weihrauch, wir hatten nur weiße Söckchen an und froren.«

Betty saß zusammengekauert da, förmlich in sich hineingekrochen, die Arme um den Leib geschlungen, die Knie angezogen.

Eine ganze Gefühlskaskade stürzte auf Georg ein, - er, der sich sonst immer so professionell distanzierte.

»Betty, glaubst du wirklich, du bist am Tod deines Brüderchens schuld?«

»Ich habe es manchmal geglaubt, manchmal habe ich mich aber auch beruhigt und gesagt, das kann nicht sein, ich war doch erst sieben. Und dann hatte Hermann ja am Abend noch nach richtigem Essen gebettelt, er war schon auf dem Weg der Besserung, da hatte ihm meine Mutter ein bisschen Biersuppe gegeben. - Das muss wohl noch eine Verschlimmerung bewirkt haben.«

Blankes Gift war das, dachte Georg, aber das nützt jetzt niemandem mehr, das aufzurechnen.

Obwohl, es könnte Betty schon ein wenig entlasten, wenn die Schuldfrage noch so wichtig war.

»Deine Mutter ist letztes Jahr gestorben, stimmt das?«

»Ja, zum Schluss war sie im Altersheim, mit meiner jüngeren Schwester in der Wohnung ging es nicht mehr so gut, es gab viele Spannungen.

Meine Mutter hatte ihre große Wohnung nach dem Tod meines Vaters behalten und meine jüngere Schwester ist da mit Sack und Pack eingezogen, mit Ehemann und drei Kindern.

Natürlich gab es dann Platzprobleme und Streit. Aber die vorherige Wohnung meiner Schwester hatte nur zwei Zimmer. Zeitweise war meine Mutter auch viel bei uns, im Alter allerdings weniger.«

Betty schwieg wieder. Wie musste das klingen?

So wie: Im Alter konnte sie ihre Mutter, die immer geholfen hatte, nicht brauchen?

Aber das war die Wahrheit, ihre Mutter wurde immer unverträglicher, immer bigotter und forderte immer mehr Gehorsam.

Sie selbst hatte ein großes Haus, mit einer großen abgeteilten Kinderwohnung, auch für die Kindermädchen war da Platz genug. Wäre da nicht Platz gewesen für ihre Mutter? Edwin hatte es einmal vorsichtig vorgeschlagen.

Betty hatte deswegen fast zwei Tage lang geweint und dann richtig getobt, das kam in letzter Zeit sehr häufig vor. Ihr Mann stand dem hilflos gegenüber, er machte einen Rückzug und tauchte einige Tage überhaupt nicht mehr aus seinem Büro auf.

Betty schloss sich häufig im Schlafzimmer ein, alle Versprechen den Kindern gegenüber waren vergessen. Vor allem die zweite Tochter forderte hartnäckig das Versprechen ein, mit ihr in die Stadt zum Einkaufen zu gehen, es standen wieder mal neue Schuhe auf dem Plan. Schließlich begleitete die Haushälterin Mary beim Einkaufen.

Das passierte ziemlich oft.

Die zwei jüngeren Brüder hatten sich von Anfang an darauf eingestellt, ohne Mutter auszukommen. Sie hatten ihre

Kindermädchen, die Freiheit im Garten, das ganze Geschäftsareal stand ihnen als Abenteuerspielplatz zur Verfügung.

Das alles war dem Psychiater Georg in groben Zügen bekannt, allerdings konnte er nicht viel dafür oder dagegen tun.

Bettys Kur-Aufenthalte in sogenannten Schilddrüsenkliniken, natürlich immer in Oberbayern, waren natürlich Fluchten.

Neuerdings wollte sie aber Begleitung haben, sie konnte nicht mehr gut irgendwo allein bleiben. Meistens betraf das die älteste Tochter Linda. Aber Mary wurde mit zwölf auch schon mitgenommen und im Nebenzimmer einquartiert.

Edwin kam mal für zwei- drei Tage, war taub für Marys Betteleien, nach Hause zu dürfen.

Linda hatte einen Freund, geheim natürlich und wollte nicht lange von ihm getrennt sein.

Und Mary machte das Beste daraus, war stundenlang in der gut sortierten, wunderschön getäfelten Bibliothek, lief im Nachthemd herum, bekam das Essen aufs Zimmer serviert und trieb sich in der Großküche herum.

Nur abends ab acht Uhr musste sie zur Stelle sein, die Zwischentür weit offen zu Bettys Schlafzimmer. Mary las alles, was sie in die Finger bekam, oft bis drei Uhr früh, manchmal hörte sie schon den ersten Vogelgesang, bevor sie ein spannendes Buch weglegte.

Das ging natürlich nur in den Ferien, Mary hatte zu ihren ehemaligen Freundinnen aus der Grundschule während der Internatszeit jeden Kontakt verloren, so vermisste sie die nicht. Sie führte altkluge Gespräche mit dem Klinikpersonal, genoss ihren Sonderstatus, hörte vieles, was wirklich nicht für ihre kindlichen Ohren geeignet war.

Zuhause versorgte die tüchtige Haushälterin den gesamten Haushalt und die jüngeren Brüder.

1. Generation:

Anna haderte mit dem Tod ihres jüngsten Kindes

Nach Herrmanns Tod war Anna drei Wochen nicht zur Beichte gegangen. Willi war sehr besorgt und holte sich Rat beim Stadtpfarrer seiner Gemeinde. Das war ganz ungewöhnlich, derlei Dinge hatte er immer seiner Frau überlassen. Aber Anna war nicht ansprechbar. Sie redete an manchen Tagen keine drei Worte.

Der Pfarrer versuchte, ihn zu beruhigen.

»Das ist die Trauer, sie kommt schon wieder auf das richtige Gleis.« Dann fiel dem Pfarrer ein, dass Willi Lokomotivführer war.

Aber Willi wirkte abwesend, diese Taktlosigkeit war ihm gar nicht aufgefallen.

Er ging mit hängenden Schultern heim, Anna fragte nicht einmal, wo er gewesen war.

Anna hatte sich im Dunkeln im Schlafzimmer auf ihrer Betbank zusammengekauert.

Willi betrachtete sie hilflos, er war zerrissen vor Schmerz um den kleinen toten Buben.

Sie konnte nicht mit ihm darüber sprechen, das hatte er mittlerweile begriffen.

Wie sollte er sie trösten? Er war selbst verzweifelt, innerlich völlig leer, stand vor einem schwarzen Loch. Sie nahmen beide ihre älteren Töchter gar nicht wahr, die Tante war geblieben, um das Nötigste im Haushalt zu organisieren. Die Mädchen waren still, sie stritten nicht. Sie saßen vor ihren Tellern, rührten im Essen, was streng verboten war.

Willi versuchte, sich selbst Mut zu machen. Anna war erneut schwanger, mit Zwillingen diesmal, wie die Hebamme versicherte. Aber, Willi war selbst entsetzt über seine Gedanken, das machte doch den Tod vom Hermannle nicht ungeschehen.

Dann ging er doch zu Anna. Er legte ihr die Hand auf die Schulter, diesmal schüttelte sie ihn nicht ab. Anna wandte ihm ihr versteinertes, geschwollenes Gesicht zu.

»Das werden die letzten Kinder sein, ich will von da an keines mehr.« Was wohl heißen sollte, kein ehelicher Verkehr mehr? Willi war tief verletzt. Wie konnte sie jetzt an so etwas denken?

Doch es kam anders für Anna. Nach der schweren Zwillingsgeburt wurde ein halbes Jahr später die Gebärmutter entfernt, eine lebensgefährliche Operation. Sie hatte noch von der Geburt den Blutverlust nicht aufgeholt, weitere, schwere Blutungen machten die Operation notwendig, sie lag fast sieben Wochen im Krankenhaus. Ihre Schwestern teilten sich die Kinder auf, das Zwillingspaar Traudl und Heinrich kamen zur ältesten Schwester.

Betty und ihre Schwester fanden die Zeit bei den Tanten meistens ganz gut.

Dort herrschte ein weniger strenges Regiment, vor allem bei der kinderlosen Tante in Nürnberg. Die überließ die Mädchen dem Hauspersonal, weil sie viel mit dem Gasthof zu tun hatte.

Annas Frömmigkeit nahm inzwischen besorgniserregende Züge an. Sie hielt sich schon in der Rekonvaleszenz stundenlang in der eiskalten Krankenhauskapelle auf.

Die pflegenden Nonnen ließen sie gewähren, sie dachten wohl, dass sie hier Trost finden würde.

Später zuhause, war Anna völlig abwesend, sie ging noch vor dem Frühstück der Kinder in die Messe und kam stundenlang nicht wieder. Willi kämpfte inzwischen mithilfe einer Nachbarin mit dem Haushalt, die Zwillinge mussten versorgt werden. In seiner Not wandte er sich brieflich an seinen Onkel, den Monsignore.

Die Antwort kam sehr schnell per Telegramm. Erwarte mich morgen, gegen drei Uhr am Bahnhof. Sein Onkel war mittlerweile sehr gealtert, aber das hielt ihn offenbar nicht davon ab, eine Reise zu machen und seelsorgerisch zu wirken.

Auf der Fahrt gab sich der Geistliche ganz seinen Grübeleien hin. Haben wir Anna zu viel zugemutet? Bei seinen seltenen Besuchen hatte er festgestellt, dass Anna eine schroffe, fast barsche Mutter war, es gab keine Anzeichen von liebevollen Berührungen oder gar Verwöhntendenzen.

Er seufzte tief auf und dachte an seine eigene Mutter, die viel zu nachgiebig und sanft gewesen war. Was in Frauen vorging, konnte er selbst nach fast 50 Jahren Seelsorge nicht nachvollziehen, sie blieben ihm ein Rätsel.

Ein tiefer Kummer um Willi nagte an ihm. Willi war sein Lieblingsneffe, auch wenn er nicht akademisch gebildet war. Er hatte eine Herzensgüte und Takt, die für die Leute seines Standes nicht selbstverständlich waren. Er trank nicht, er rauchte nicht, er bestellte seinen großen Schrebergarten mit unermüdlichem Fleiß, so dass die Familie alles Lebensnotwendige zur Verfügung hatte, sogar einige Karnickel und Hühner trugen zur Versorgung bei.

Wenn es der Dienst erlaubte, war Willi in seinem Garten, jätete, goss, grub, band die Bohnen und die schönen Pfingstrosen, schnitt die Sträucher, pumpte Wasser aus dem Brunnen.

Er war zufrieden mit seinem Leben, zur Kirche ging er am Sonntag im Anzug ohne große Begeisterung, es gehörte eben dazu. Oft war er ja auch auf Dienstfahrt, das war ihm gar nicht unlieb.

Willi stand bereits mit gezogenem Hut am Gleis, das erste Gespräch ergab sich auf dem Nachhauseweg.

Er hatte die Mädchen daheim gelassen, sie sollten das Gespräch nicht hören. Die beiden waren mit acht und zehn Jahren schon sehr hellhörig, kein verdächtiges Wort durfte da fallen.

»Willi, ich werde mit Anna allein sprechen, willst du inzwischen die Kinder mit nach draußen nehmen?«

Willi hatte ein bisschen Hoffnung geschöpft. Hochwürden stand bei Anna in hohem Ansehen, sie gab viel auf seine Meinung und seine Achtung.

»Wie steht es, ist sie immer noch stundenlang in der Kirche, auch abends?«

Willi kam sich wie ein Verräter vor, aber es gab jetzt kein Zurück.

»Es ist fast noch schlimmer geworden, wenn das überhaupt geht. Ich schaffe es nicht mehr, die Zwillinge haben dauernd Durchfall, die beiden Mädchen können doch keine Säuglinge betreuen.«

Und das ist ja auch gründlich schief gegangen, dachte Willi erschrocken. Diese Ungerechtigkeit gegenüber seiner Betty übergoss ihn mit Scham, sie konnten doch einer Siebenjährigen nicht den Tod eines Kindes aufbürden. Der Monsignore dachte ganz praktisch, was man von ihm nicht erwartet hätte.

»Es gibt jetzt den Reichsarbeitsdienst der neuen Regierung, die sollten unter anderem auch den Müttern unter die Arme greifen, ich werde mich da mal umhören.«

Anna hatte starken Kaffee gekocht, ganz wie früher im Pfarrhaus, ein unerhörter Luxus.

Auch ein Guglhupf stand da, den hatte die Nachbarin spendiert.

Willi trank rasch eine Tasse vom kochend heißen Kaffee und beeilte sich, mit den vier Kindern aus der Wohnung zu gehen.

Der Geistliche saß nachdenklich am Tisch, Anna ihm gegenüber, steif, auf der vordersten Kante des Stuhls, das hatte sie früher schon so gemacht, fiel ihm wieder auf.

Sie war erschreckend abgemagert, die Hände in die Schürze gewickelt, den Blick starr geradeaus.

Ihre regelmäßigen Gesichtszüge waren zu einer Maske erstarrt. Sie ist nicht im landläufigen Sinne schön, dachte der

Monsignore, aber sie hatte immer eine starke Ausstrahlung, ihre Herbheit hatte durchaus etwas Attraktives.

Was war aus seiner fast herrischen Anna geworden? Sie war früher voller Eifer und Energie gewesen, immer hatte sie Verbesserungsvorschläge für Gemeinde und Haushalt ausgearbeitet, von morgens bis abends unermüdlich ihre Pflichten erledigt.

Er wollte sie aus ihrer Starrheit lösen.

»Anna du versündigst dich schwer.« Der Satz wie ein Fallbeil, brauchte lange, um bei Anna anzukommen.

Sie hob den Kopf, ihre Augen, vorher matt in den tiefen Höhlen, funkelten und kündigten Widerstand an.

»Ich versündige mich? Ich habe mein Kind, meinen Buben verloren. Was hat der liebe Gott da mit mir noch vor?«

»Der Herr hat seinen eigenen Sohn geopfert - Anna, vergiss das nicht. Und hat nicht auch Abraham seinen Sohn opfern wollen?«

Diese Einwände kamen bei Anna gar nicht an. Sie wollte ihren Kummer mit nichts verglichen haben.

»Ich brauche Trost und ich versuche, ihn in der Kirche zu finden. Aber es gelingt mir nicht, es gelingt mir nicht, es gibt keinen Trost.«

»Machst du dir selbst Vorwürfe Anna, hättest du etwas anders tun sollen?« Nun, das war es, was Anna tief ins Herz schnitt, der Verdacht, dass die letzte Mahlzeit vielleicht doch den Tod von Hermann mit verursacht hatte.

Das wollte sie nicht aussprechen, damit würde es vielleicht wahr werden? Der Doktor hatte damals kein Hehl daraus gemacht, die feuchte Spielhose hatte vielleicht auch mit dazu beigetragen. Aber das nasse Gras war doch der Grund oder?

»Betty hätte besser aufpassen müssen,« eigensinnig wiederholte sie diesen letzten Satz laut.

»Anna, willst du einer Siebenjährigen wirklich den Tod ihres Bruders anlasten?«

Das war wie ein Urteilsspruch, Anna fühlte sich angeklagt und verurteilt. Sie weinte jetzt rückhaltlos, sie war von hartem Schluchzen geschüttelt. Ihre Kaffeetasse war umgekippt, die braune Flüssigkeit breitete sich auf ihrem besten Tischtuch aus, sie bemerkte es gar nicht. Der Geistliche ließ sie ungestört und lange weinen, er musste es aushalten, das wusste er aus Erfahrung.

Er saß aufmerksam da, ließ die würzigen Gerüche der Küche auf sich einwirken, betrachtete die Möbel und die Küchengeräte, sah durch die Häkelgardinen draußen ein Wetter aufkommen, der Wind rüttelte schon an den Fensterscheiben. Ich muss mich jetzt beeilen, dachte er, Willi wird gleich zurückkommen.

»Anna, du wirst Trost darin finden, dich jetzt ganz deiner Familie zu widmen. Es kommt nicht darauf an, stundenlang in der Kirche zu knien. Es ist sehr eigensüchtig, sich völlig einem Kummer hinzugeben, den andere auch erleiden, zum Beispiel dein Mann. Du wirst jetzt deine Kirchenbesuche so wie früher machen, aber nicht mehr. Ich sorge dafür, dass du Unterstützung von einer jungen Frau bekommst, du bist wirklich noch sehr mitgenommen, du hast dich bis jetzt nicht erholt. Und deine anderen Kinder brauchen ihre Mutter ganz dringend. Die Zwillinge sind noch so klein, sie benötigen ganz besonders deine Fürsorge, es ist eine schwere Sünde, sie zu vernachlässigen.«

Anna war wie betäubt, es sollte eine Sünde sein, stundenlang in der Kirche zu beten? Wer verstand sie denn, wer konnte da mitfühlen? Willi? Der ist doch ein Mann. Anna biss sich auf die Lippen, langsam keimte eine Ahnung in ihr auf, wie Willi sich wohl fühlen musste.

Die beiden Mädchen traten leise und schüchtern ein, Willi hinterher mit den Zwillingen auf beiden Armen.

Der Geistliche betrachtete sie aufmerksam. Sie knicksten und durften am Tisch sitzen, ein Stück Kuchen, mit einem Seitenblick zu Anna, wurde ihnen von Hochwürden vorgelegt.

Die Ältere, Bella, nahm das ganze Stück in die Hand, kaute und schaute den Besuch neugierig an. Betty dagegen rührte den Kuchen nicht an, sie hielt den Blick gesenkt und als ihr Vater an den Tisch trat, sah sie auf und umklammerte seine Hand.

Das war mehr als der Geistliche, - der heute als Onkel gekommen war, ertragen konnte. Ich gehe jetzt, dachte er, ich muss jetzt erst mal mit mir selbst und Gott Rat halten, ich werde wiederkommen und sehen, was es gefruchtet hat.

Tiefes Mitgefühl für die Familie seines Neffen überschwemmte ihn regelrecht.

Er versuchte, es mit tatkräftigem Handeln zu bewältigen.

»Willi, du wirst von mir hören, was ich erreichen konnte bei den zuständigen Stellen. Nein, nein du bleibst bei den Kindern, ich finde allein zum Bahnhof.«

Er trat fröstelnd in den Regen hinaus, der Wolkenbruch war zu einem Nieseln geworden, die Straße roch nach feuchtem Staub und aus den Fenstern wehte der Geruch von Muckefuck.

Er war froh im Regen niemandem zu begegnen, er spannte seinen Schirm auf und dachte über den nächsten Anschlusszug nach, er hatte wie Willi den Fahrplan gut im Kopf.

3. Generation:

Mary stöberte mit ihrer erwachsenen Tochter Sheila

auf dem Dachboden

Mary grübelte auf dem heißen Dachboden über ihr Leben nach. Die Sonne flimmerte durch die Dachgauben, die Luft war stickig, Staubpartikel schwebten auf den einfallenden Sonnenstrahlen. Sheila, ihre Tochter war ihr neugierig nachgestiegen.

Sie fanden auf dem Dachboden der Großeltern viele Briefe von Betty an ihre Eltern und an ihren Mann Edwin. Ein kleiner Schatz war das Finden eines Stundenbuches der Großmutter Anna, das musste sie noch in ihrer Klosterzeit geführt haben.

Großmutter Anna hatte es in ihrer Ehe wie ein Tagebuch weitergeführt, Anfang der 50er Jahre endete es dann plötzlich.

Anna und Betty, sie betrachteten ihre Fotos und entdeckten viele äußere Ähnlichkeiten, auch mit Mary und Sheila. Charakterlich konnten sie nicht weiter entfernt voneinander sein. Disziplin, Frömmigkeit, Prüderie, ja auch Bigotterie, das war es, was Mary zu Großmutter Anna einfiel. Wie kam denn dieses Mutterkreuz mit blauweißem Band hier auf den Dachboden? Marys Großmutter hatte es später nach der Geburt ihrer Zwillinge verliehen bekommen. Das war damals die Auszeichnung für eine gute Mutter, mit mehr als vier Kindern. Vielleicht wollte sie es nach der Entnazifizierung nicht mehr im Haus haben. Großvater Willi musste durch diese Maßnahme seinen Beruf aufgeben, er hatte eine niedrige Parteinummer, später wurde er dann wieder als Beamter eingestellt, aber die geliebte Eisenbahn war für ihn Geschichte.

Annas leuchtende Augen, auch noch im Alter, tief eingesunken in den Augenhöhlen, folgten dem Betrachter der Fotos in den Raum. Volle geschwungene Lippen, die hatte Betty auch, das schwarze Haar bis ins hohe Alter. Dichte dunkle Augenbrauen, die den Gesichtsausdruck düster wirken ließen, selten aufgehellt durch ein Lächeln.

Mit vierzig Jahren sahen sie auf den Fotos älter aus, das war wohl damals so. Durchsichtige, sehr helle Haut mit wenig Falten, auch noch im hohen Alter.

Sie haben sich nicht gut vertragen Mutter und Tochter. Alles was Großmutter Anna wichtig war, hatte Betty, Marys Mutter verabscheut. Pünktlichkeit, Disziplin, Kochkenntnisse, Frömmigkeit. Großmutter Anna versuchte das wohl zu korrigieren, Marys Mutter wurde mit 14 in eine weiterführende Klosterschule im Ort gegeben, dort lernte sie sticken, stricken, Nähen und entdeckte ihre kreativen Talente

Diese kostenlose Ausbildung war implizit als Vorbereitung für den späteren Klostereintritt gedacht. Marys Großvater Willi hatte dies erst nicht erkannt, aber zwei Jahre später hatte er das erstaunlich energisch verhindert und Betty eine Lehrstelle als Friseuse besorgt.

Sheila hatte schon viele Geschichten und Anekdoten gehört, aber jetzt wollte sie der Persönlichkeit von Betty auf die Spur kommen. Sie war natürlich von Marys ambivalenter Haltung gegenüber der eigenen Mutter beeinflusst. Mary versuchte, möglichst objektiv ein Bild von ihr zu entwerfen:

»Ich habe sie als sehr fordernd und anspruchsvoll erlebt. Ich spürte früh, dass sie an meinem mangelnden Interesse an Puppen und Kleiderkram enttäuscht war.

Meine Mutter war nirgendwo pünktlich, heute fiel ihr dies und morgen das ein. Und Versprechen uns Kindern gegenüber waren am nächsten Tag Schall und Rauch. Aber sie konnte gut Geschichten erzählen, wir haben als Kinder viel mit ihr gelacht, sie konnte jedermann nachahmen. Sie hatte eine starke künstlerische Ader, konnte wunderbare Handarbeiten entwerfen, wunderschön singen. Ihre Talente sind wohl im Lauf der Zeit einfach verkümmert. Und ich? Ich habe die Großmutter gefürchtet und meiner Mutter bin ich schon als Kind und als Erwachsene immer aus dem Weg gegangen, ich wollte auch nicht lange bei ihr sitzen oder neben ihr liegen oder gar in den Arm genommen werden. Das war mir lästig, außerdem gab es dann Ermahnungen:

`Sitz doch still´, oder, `bleib doch mal ruhig liegen, gib doch Ruhe´.

Das Frömmigkeitsdiktat und die geforderten Kirchenbesuche meiner Großmutter, der Perfektions- und Putzwahn meiner Mutter, der nur durch Personal bewältigt werden konnte, das trieb uns als Jugendliche aus dem Haus, nur meine Schwester hatte es nicht weit geschafft, sie hatte wohl weniger Widerstandskraft als ich, sie hatte sich unterworfen.«

Mary ließ die Erzählungen ihrer Mutter aus der Kriegszeit und auch der Zeit danach wieder als Bilder zurückkommen. Die Briefe Bettys an ihre Eltern und an Edwin zeichneten ein völlig anderes Bild, so hatte sie Betty als Person niemals wahrgenommen.

Mary und ihre Tochter Sheila hatten inzwischen einige alte Sessel entdeckt, dort setzten sie sich bequem hin und Mary erzählte weiter, - froh, dass Sheila echtes Interesse zeigte, das passierte ja nicht mehr oft.

»Meine Schwester konnte sich daran erinnern, dass unsere Mutter als junge Frau wohl auch kindliche Seiten hatte. Sie erzählte, dass der Pfarrer des Dorfes unsere Mutter besuchen wollte. Er wurde in die Gaststube verwiesen, dort lief er direkt in unsere Mutter hinein, die mit meiner Schwester Linda Blindekuh spielte.

Er setzte sich damals ganz beglückt dazu, betrachtete die Beiden, in ihr Spiel Vertieften und staunte über den seltenen Anblick, dass eine Mutter mit ihrem kleinen Mädchen so schön spielen konnte.«

Dann fiel Mary ein, dass ihre Mutter von ihren Schwägern oft beleidigt wurde.

»Was waren das denn für Schimpfworte?« Sheila wollte es nun genau wissen, sie hatte die Großonkel größtenteils gekannt. Mary versuchte möglichst genau die Erzählungen ihrer Mutter zu wiederholen.

»Schläft die faule Schlampe immer noch?«

»Meine Mutter hatte das Schreien gehört, er war ja laut genug. Sie hatte die ganze Nacht für eine Hochzeit die Frauen frisiert und geschminkt, alle wollten drankommen. Sie konnte das Bargeld und auch die Lebensmittel für den Tausch gut gebrauchen, das war das Startkapital für ihre Existenzgründung in der Stadt.«

Dann erinnerte sich Mary an ein Detail, - das ihre Mutter erzählt hatte. Der Hausarzt hatte Edwin, Marys Vater, einige Monate nach Marys Geburt zu sich bestellt. Er war besorgt wegen Betty.

»Sie müssen Ihre Frau aus dieser Familie rausnehmen, sie wird hier nicht gesund, sie ist noch elender als vor der Gelbsucht.«

Sheila war jetzt ganz gebannt und fragte nach:

»Wie hat dein Vater reagiert?«

»Er ist in die Stadt gezogen, viel Aufregung gab es in unserer kleinen Familie, er machte sich geschäftlich selbstständig, kaufte große Grundstücksflächen auf und fing an zu bauen, Anfang der 50er Jahre, weiß Gott keine Kleinigkeit.«

»Wie haben sie das geschafft?« Sheila konnte es sich nur schwer vorstellen.

»Das Erbe meines Vaters lag fest in Grundstücken und Waldbesitz. Meine Mutter hatte mit ihrer Friseurtätigkeit auf dem Dorf Bargeld beschafft oder Naturalien von den Bäuerinnen eingenommen. Mein Vater hatte dafür im Tausch im entfernten Rheinland Metallwaren   ergattert, und damit sein Geschäft aufgebaut.«

»Das neue Leben mit Geschäft und großem Haus erlebte meine Mutter wohl vor allem als bedrohlich.

Die Verwandtschaft meines Vaters war allgegenwärtig, vor allem seine dominante, ältere Schwester. Trotz der großen räumlichen Entfernung hatte diese Schwester ein mächtiges Mitspracherecht, wir haben sie als sehr unangenehm, übergriffig und taktlos erlebt.

In meinen Kinder- und Jugenderinnerungen war meine Mutter sehr oft abwesend. Entweder war sie in irgendwelchen Kliniken oder sie sperrte sich im Schlafzimmer stundenlang ein, taub für Klopfen, taub für Bitten und Ansprüche. Irgendwann, beinahe, unmerklich verschob sich das Machtgleichgewicht zwischen meinen Eltern. Meine Mutter gewann immer mehr die Oberhand, auch über geschäftliche Entscheidungen. Die nächtlichen Streitereien, die wir auch noch in der Kinderwohnung hörten, machten uns Angst.

Meine Schwester kam ins Internat, da war ich neun Jahre alt, ich war jetzt allein auf mich gestellt, die kleinen Brüder als Unterstützung zählten nicht.

Dann kamen die Suizidversuche meiner Mutter, mein Vater ließ uns nachts draußen mit suchen, beim ersten Mal war ich zwölf Jahre alt. Ich lief nachts im Februar allein den Fluss entlang, der war vom Schmelzwasser stark angestiegen, die Strömung bei diesem sonst eher ruhigen Gewässer war reißend. Es war zwar sinnlos, was wir da veranstalteten, aber wir wollten mithelfen. Manchmal dachte ich, es wäre besser, sie würde für immer verschwinden, dann würde uns viel erspart bleiben.

Meine Schwester und ich führten darüber lange Gespräche, solche radikalen Ansichten wie ich äußerte sie niemals, sie nahm vieles hin und ordnete sich unter.

Bis zu meiner Internatszeit war ich den ganzen Tag draußen, oft nicht aufzufinden. Ich streunte durch die Gegend, mal bei Freundinnen, dann wieder in einer selbstgebauten Hütte auf dem Werksgelände. Wenn meine Mutter wieder mal wochenlang nicht da war, konnte es schon passieren, dass ich auch nachts in der

Hütte kampierte, den Kindermädchen fiel das vielleicht gar nicht auf. Bei ganz schlechtem Wetter versteckte ich mich in den weitläufigen Lagerhallen, immer mit einem spannenden Buch. Ich war eine sehr schlechte Esserin, es gab auch schon mal Schläge für freche Antworten, weil ich nicht essen wollte und vom Tisch aufstand.

Von allen vier Kindern bezog ich die meisten Schläge, ich war stur und zu keiner Unterwerfung bereit, zumal es immer um Kleinigkeiten ging, wie Händewaschen, Schuhe ausziehen, Treppe wischen oder Ähnliches. Es gab viel Unlogisches, schlecht Strukturiertes, was ich nicht akzeptieren konnte. Ich wollte über meine Zeit selbst frei verfügen. Ich sah durchaus ein, dass die Mithilfe sein musste, aber ich verlangte klare Ansagen und sinnvolle Koordination, auch schon als Zehnjährige. Ich wollte nicht dreimal hintereinander zum selben Metzger laufen, nur weil die zuhause ihren Grips nicht einschalten konnten.

Eine Szene hatte ich noch lebhaft im Gedächtnis, auch meine Geschwister erzählten immer wieder mal davon. Ich lag auf dem Boden, mein Vater schlug auf mich ein, ich habe den Anlass vergessen. Es waren brutale Schläge.

Meine Brüder und meine Schwester weinten, meine Schwester rief, er soll doch aufhören. Ich stieß auf dem Boden liegend den Satz aus: „Schlag mich doch tot, dann ist endlich Ruhe und du merkst, was du davon hast!«

Diese Schilderung hatte Sheila schon mehrfach gehört, sie musste sich wohl bei Mary tief eingegraben haben.

„Von Gerechtigkeit war unsere Erziehung weit entfernt, das machte mich zornig.

Die meisten Schläge kamen von meinem Vater, immer angestachelt durch die Anklagen meiner Mutter. Er fragte nie nach dem Sachverhalt, er kam angestürmt und patsch hatte ich eine Ohrfeige im Gesicht.«

Sheila hatte jetzt auch kritische Einwände.

»Du bist doch aber andererseits ganz schön verwöhnt worden?«

»Ja, ich hatte auch unerhörte Freiheiten. Ich konnte einfach in der Buchhandlung Bücher bestellen, nur von mir ausgesucht, ich war niemandem Rechenschaft schuldig. Dieses Privileg hatte ich schon mit zwölf Jahren. Vielleicht dachten meine Eltern, damit ist sie ruhiggestellt und kann nicht nerven. Ich fand Trost in meinen Büchern. Ich las alles querbeet, sicher habe ich vieles nicht verstanden, aber es war eine faszinierende Welt, die sich mir auftat.

Meine sportlichen Ambitionen wurden noch weniger verstanden. Über eine Stunde im eiskalten Eibsee zu schwimmen brachte mir eine ernste Unterkühlung ein und natürlich Strafe. Rudern über den Gardasee? Viel zu gefährlich für eine 13jährige, ich tat es trotzdem.

Stundenlanges Radfahren in Schnee und Regen wurde mit Kopfschütteln und Ratlosigkeit quittiert. Ich wollte wohl auch einfach Spannungen abbauen, das gelang mir so am besten.

Das tat ich natürlich instinktiv, ich hätte es damals nicht begründen können. Das hatte sich bis heute nicht geändert.

Altklug oder neugescheit? Das waren keine Komplimente, das war das Urteil der Erwachsenen über mich. Mein Freiheitsdrang wurde im Klosterinternat arg beschnitten, am meisten war es wohl die geistige Freiheit, die ich da vermisste.

»Da kann ich ja von Glück reden, dass ich nicht ins Internat musste?«

Sheila stellte sich jetzt Mary als junges Mädchen vor, das gelang ihr nur schwer, immer wieder wurde das Bild von ihren eigenen Gefühlen überflutet, sie hatte Schwierigkeiten, die Ereignisse einzuordnen. Mary machte eine abwehrende Geste.

»Ich hatte doch gar keinen Grund, dich ins Internat zu geben, du warst eine gute Schülerin und die Klosterschule war doch bei uns am Ort. Natürlich hatten wir dich dort eingeschult, sie hatte einen guten Ruf und die Macht der Klosterfrauen war ja durch viele weltliche Lehrerinnen nur noch gering«

»Und wie ging es dann weiter?« Jetzt war Sheilas Interesse wieder da.

»Ich war in dieser Internatszeit einige Mal sehr krank, im zweiten Jahr musste ich fast vier Monate dem Unterricht fernbleiben, ich fand das ziemlich gut, obwohl dann das Nachholen schon sehr schwierig war.

Schulisch holte ich schnell auf, vor allem mit der tatkräftigen Unterstützung meiner älteren Schwester. Sie kam zweimal die Woche mit dem Zug, um mit mir den ausgefallenen Unterricht nachzuholen.

In den nächsten Klassen hatte ich mir fest vorgenommen, wenigstens schulisch keinen Ansatzpunkt für Kritik zu liefern. Aber das war ein Bumerang. Die Studienleiterin, natürlich eine Klosterfrau, machte mir Vorhaltungen:

»Ich höre, dass du den anderen die Hausaufgaben machst, die Aufsätze schreibst?«

Als ich schwieg, prasselte eine wahre Philippika auf mich nieder.

»Glaub ja nicht, dass deine Begabung deinen Stolz und dein hochmütiges Wesen rechtfertigt. Eine Begabung nimmt man in Demut hin, sie ist ein Geschenk. Und du fügst dich nicht in die Gemeinschaft ein, du nimmst nicht an den Spiele-Abenden teil, die anderen beklagen sich, dass du sie von oben herab behandelst und belehrst.«

»Bei der Beichte warst du auch schon wochenlang nicht mehr.«

Mit meinen 14 Jahren war ich nicht klug genug, auf Kontra zu verzichten, ich wollte mich wehren. »Hier gibt es nichts zu sündigen, also auch nichts zu beichten.«

Diese Antwort ließ meine Studienleiterin sprachlos werden, ein seltener Anblick.

»Diese Antwort wird Konsequenzen haben, glaub mir. Und überhaupt - stimmt es, das du Schokolade als Bezahlung nimmst, dass du Aufsätze für die anderen schreibst?«

Natürlich stimmte das. Ich hatte genau vier Stunden Zeit in der Schulaufgabe, um vier Versionen von verschiedenen Themen für die Mitschülerinnen zu schreiben, natürlich ließ ich mir das bezahlen, schließlich erhielten sie fast immer Bestnoten, schwierig genug war es, sie während der Schulaufgabe rechtzeitig an die jeweiligen Adressatinnen zu schmuggeln.

Ich zuckte mit den Schultern. Ich war gerade haarscharf an einer Ohrfeige vorbeigeschrammt.

»Wir werden deine Eltern benachrichtigen.«

Mach doch, dann komme ich hier endlich raus, dachte ich.

Schläge hatte ich von ihr schon im ersten Jahr kassiert, in meinen Augen völlig zu Unrecht. Ich konnte meine große

Schultasche früh nicht finden. Das rief die Studienleiterin auf den Plan.

»Du hast sie mal wieder verschlampt?«

Ich musste in den riesigen, dunklen Wandschrank kriechen, es gab da kein Licht. Ganz hinten in der Ecke lag die Schultasche aufgeplatzt; dunkelbraun auf dunkelbraunem Holz. Abends wurde die Ranzen hineingeworfen, meiner natürlich zuerst, ich war ja immer zuerst fertig. Und die nachfolgenden hatten ihn da zusammengequetscht und beschädigt.

Mit brennendem Gesicht und Schmerzen im Kopf, wegen der Schläge, rannte ich zu spät in die erste Stunde. Ich kam vom Regen in die Traufe, denn da saß die beste Freundin meiner Peinigerin. Mittags kauten sie dann beim gemeinsamen Essen meine neuesten Sünden durch, stets wurde die Heimleitung in Kenntnis gesetzt.

Eine Unterredung mit meinen Eltern brachte für meine Mutter einen Punktesieg. Die Klagen der Studienleiterin gipfelten in dem Satz:

»Wenn ich sie schon so arrogant daher schlendern sehe, da läuft mir die Galle über.«

Meine Mutter musste wohl aufgesprungen sein, mein Vater versuchte sie zurückzuhalten. Aber meine Mutter war mit dem kirchlichen Vokabular groß geworden.

»Und Sie als Ordensfrau, deren Leben Gott und der Liebe geweiht sein soll, der junge Seelen anvertraut sind, wagen es, so zu mir von meinem Kind zu sprechen? Sie haben vielleicht ihre Begabungen nicht erkannt, sie ist sicherlich schwierig. Aber ich denke, Sie sind für Ihre Aufgabe einfach noch nicht reif genug, zu jung sind sie sicherlich dafür.«

Sheila runzelte die Stirn, Mary bemerkte das und machte eine Pause. Dann erzählte sie weiter.

»Meine Eltern, die diese Geschichte erst viel später erzählten, schwiegen sich über das Ende aus, Tatsache war, dass die Studienleiterin im Jahr darauf ersetzt wurde.

Nun, meine Mutter kam mit mir auch nicht gut zurecht, aber ein anderer durfte sich nicht erlauben, so über mich herzuziehen. Sie hätten mich ja auch einfach aus dem Internat nehmen können? Diesen Gedanken verwarf ich wieder. Was hätte das für Umstände bedeutet?

Mein Aufenthalt im Internat stand nochmals im vorletzten Jahr auf der Kippe. Ich hatte wieder Besuch von einer Freundin bekommen, die Jahre zuvor aus dem Internat geflogen war.

Sie brachte mir Zigaretten, den ´Lady Chatterly`- Roman und noch einige Schminkutensilien als Geschenk mit.

Einige Betschwestern hatten das beobachtet, und um sich lieb Kind zu machen, es bei der Heimleitung gemeldet. Darauf folgte eine Untersuchung meines Schrankes, meiner Schultasche, des Nachtkästchens und des Schuhregals. Es wurden keine weiteren Indizien meiner Verderbtheit gefunden.

Mein Schrank wurde zur Strafe umgekippt, ich musste ihn in meiner Freizeit wieder einräumen. Wenn schon, dachte ich damals, auf eure bescheuerten Gruppenaktionen und kindischen Gruppenspiele habe ich überhaupt keine Lust.

Außerdem hatte ich noch eine Rechnung mit den Verpetzern offen, ich ahnte, dass eine dabei war, die von meiner Deutsch und Englischnachhilfe immer genassauert hatte.

Wieder wurden meine Eltern einbestellt, die waren wegen der Zigaretten bestürzt. Wegen Lady Chatterly machten sie sich keine Gedanken, sie kannten den Roman nicht. Ich auch noch nicht, ich hatte leider keine Gelegenheit gehabt, mich gleich für das Höllenfeuer vormerken zu lassen. Nun hatte ich noch eine ernste Beanstandung kassiert, ich malte mir schon mein Leben als Fahrschülerin aus, die Freiheit war für mich als ferner Duft erkennbar. Daraus wurde leider nichts.

Die Besuche meiner Freundin waren dann auch nicht mehr möglich, sie hatte Hausverbot bekommen. Wir trafen uns heimlich bei meinen Zahnarztbesuchen in der Stadt, eine andere Möglichkeit gab es nicht, ich hatte Ausgangsverbot, aber den Kieferorthopäden konnten sie mir nicht gut verweigern. Meine Freundin Ilse fehlte mir, sie war eine Freundin, mit der ich mich gut verstand, sie hatte in meinen Augen ein herrliches Leben in der privaten Schule.

Nach der Internatszeit mied ich die Kirche, ich wollte auf gar keinen Fall mehr an irgendeinen Zwang erinnert werden.«

»Und wie war das, dann eine eigene Familie zu haben?«

Sheila war jetzt mal auf eine Zusammenfassung gespannt und wie weit sich ihre Mutter darauf einlassen wollte.

»Als junge Mutter erlebte ich es wieder als Freiheitsbeschränkung, die ich aber nicht wahrhaben wollte. Es war für mich sonnenklar, mein Kind keinem fremden Menschen zu überlassen, - egal- was es mich auch kosten würde.

Wir waren als Eltern viel zu jung, dein Vater und ich. Aber wir wollten es meistern, keinem sollte es gelingen, uns auseinander zu bringen.

Rückblickend kann ich mich nur wundern, was wir alles unter einen Hut brachten. Mein Abitur, Studium alles mit Kindern, Hund und Haus. Dazwischen die Betreuung meines jüngsten Bruders mit Drogenproblemen. Er durfte damals wählen zwischen Klinik und Aufenthalt bei mir. Natürlich entschied er sich für mich, ich wusste überhaupt nicht, auf was ich mich da einließ. Wir hatten es nach zwei sehr schwierigen Jahren geschafft, er war drogenfrei und hatte in der Schule wieder Fuß gefasst. Aber was für ein hoher Preis für uns alle! Nie gab es mehr Streit zwischen deinem Vater und mir als in diesen zwei Jahren, dazu kamen noch die Einmischungen und Zumutungen meiner Mutter.

Es gab aber auch überwiegend glückliche Zeiten. Mit Anfang zwanzig, waren wir noch optimistisch, gesund und voller Idealismus und mutigen Zukunftsplänen.

Wir unternahmen ein paar große Reisen mit einem Firmenkleinbus, den wir selbst ausgebaut hatten.

Einerseits hatte ich große Angst vor dieser Afrika-Reise, andererseits war ich unternehmungslustig und neugierig.

Du bist von Hanne versorgt worden, einer guten Freundin, wie du weißt, die hatte einen gleichaltrigen Sohn. Für ein Studentenehepaar lebten wir auf ganz schön großem Fuß, das wurde mir erst viel später klar.«

Eines ihrer glücklichen Erinnerungsbilder tauchte vor Mary auf.

»Deine Großeltern hatten mich in der Landeshauptstadt besucht, ich ging mit ihnen zu einem Einkaufsbummel, du warst ja schon im Kindergarten. Mein Vater hatte mir ein exotisches, langes Sommerkleid gekauft, ganz im Hippie-Stil, aber sehr edel. Mit meiner neuen großen Schultertasche, in der alles verstaut war, inclusive den Instrumenten, die ich täglich brauchte, sah ich anscheinend sehr orientalisch aus, braungebrannt, mit langen, schwarzen Haaren. Die Eltern meinten, ich sähe fast wie eine Inderin aus, das war ein Lob, ich spürte, dass sie beide ein bisschen stolz auf mich waren.«

»Warst du damals eigentlich glücklich?«

Diese Frage von Sheila rief zwiespältige Gefühle bei Mary hervor. Sie wollte aber ehrlich sein, sie wollte nichts verklären.

„Ich würde sagen, ich war überwiegend glücklich, aber in diesen Zeiten habe ich mich nicht den ganzen Tag gefragt, ob ich glücklich bin, sondern wie schaffe ich jetzt das und das und das.“

Mary hing noch den ganzen Nachmittag in ihrer Vergangenheitsschleife. Es war einerseits schön, sich an glückliche und leidenschaftliche Momente zu erinnern, andererseits sah sie diese früheren Belastungen ganz realistisch als hohen Preis für ihre Gesundheit.

Es gab schon unbeschwerte Momente in der Jugend und in ihrer jungen Ehe, aber meistens war vieles überschattet von einer großen Verantwortung.

1. Generation:

Anna im Beichtgespräch mit dem Stadtpfarrer

Anna hatte kaum mehr Angst vor den Beichtgesprächen. Sie war etwas weniger gehemmt, das mochte wohl auch an der neuen Sitte liegen, viele Gespräche nicht mehr im Beichtstuhl zu führen.

Anna nutzte die Gelegenheit des Besuchs bei Betty, um Kontakt mit dem dortigen Stadtpfarrer aufzunehmen. Er war ihr von den Predigten her bekannt, sie empfand ein vertrautes Gefühl beim Zuhören und er erinnerte sie an ihren früheren Dienstherrn, den Onkel und Monsignore.

Sie hatte Güte und auch eine gewisse Toleranz vermutet, was sich auch im ersten Gespräch bestätigte. Zunächst ging es um äußere Umstände, der Pfarrer kannte sie vom Sehen und er fragte nach den Familienverhältnissen.

Anna berichtete von ihren erwachsenen Kindern, den ständigen Querelen mit der jüngsten Tochter und deren Familie, mit der sie seit Willis Tod zusammenlebte.

Dann kam die Rede auf Betty.

Hier stoppte Annas Redefluss. Der Pfarrer wartete lange und geduldig. Doch Anna schwieg beharrlich, die abgearbeiteten, knotigen Hände im Schoß waren verkrampft, sie saß plötzlich aufrecht und sehr steif da.

»Gibt es denn da auch Konflikte?«

»Ich kann mich überhaupt nicht beklagen, ich habe einen Schwiegersohn, den sich jeder nur wünschen kann, ich werde mit allem versorgt, ich werde in die Kirche gefahren und wenn ich einen Wunsch äußere, so wird mir der bald erfüllt.«

Die Körpersprache, die der Pfarrer registrierte, widersprach dem Inhalt.

»Ja, ist denn dann alles in Ordnung?«

Anna war wieder in ihrem missionarischen Fahrwasser.

»Meine Tochter Betty geht nicht oft in die Kirche, auch nicht mal sonntags, und wenn, dann kommt sie sogar zur Schnappmesse zu spät. Und meine beiden Enkeltöchter lassen es auch schleifen, sie haben Ausreden, wie nasse Haare oder sie gehen angeblich in die Abendmesse und derlei Lügen.

Ich sehe sie nie beten, sie gehen auch nicht in die Rosenkranz-Andacht, das Tischgebet wird nur von meinem Schwiegersohn noch angeregt. Er hat auch Schwierigkeiten, sie zu einem religiösen Leben zu erziehen.«

»Nun es sind ja schon große Mädchen, da ist Zwang möglicherweise nicht so diplomatisch«, gelang es dem Pfarrer einzuwenden.

»Ja und wie sie sich anziehen. Ich habe ein für alle Mal verboten, dass sie im Badeanzug im Garten rum liegen, man kann sie doch trotz der hohen Hecken sehen. Und die tiefen Ausschnitte, die sie tragen, das ist nicht zu fassen.«

Eine Episode fiel Anna ein, die trug sie seit Jahren mit sich herum wie eine eiternde Wunde.

Das dritte Kind, der lang ersehnte Sohn, war endlich da. Betty, die eine sehr schwere Geburt hinter sich hatte, brauchte Hilfe.

Anna war wochenlang zum Helfen da, Willi lebte noch und war zuhause geblieben.

Die erste Frühlingssonne wärmte die Luft, Anna wollte das Baby und die zweite Enkeltochter mitnehmen, sie hatte vor, mit beiden in die Klosterkirche zu spazieren für einen Rosenkranz. Der Bub schlief bereits im Kinderwagen, Mary sollte sich anziehen und wurde bockig.

»Komm Mary, wir gehen spazieren,« Anna sprach mit ungewohnt hoher, einschmeichelnder Stimme.

Mary runzelte die Stirn, sie war noch keine fünf.

»Glaubst du, ich gehe mit einem alten Weib spazieren?« Der Satz schlug ein wie eine Bombe. Das Kindermädchen und die Wirtschafterin hatten es gehört.

 »Mary, was fällt dir ein?« Doch die war schon über alle Berge, sie hatte den Mantel auf den Boden geworfen.

Anna schob steifbeinig den Kinderwagen aus dem Hof hinaus. Aus dem Küchenfenster hörte sie Gekicher, na fein, jetzt hatten die da oben auch ihren Spaß.

Das Verhör von Mary am Abend glich einem Tribunal. Die Wirtschafterin versuchte vorher die Situation zu entschärfen.

»Mary, was hast du dir dabei gedacht?«

»Ich wollte nicht mit, von wegen spazieren. Da muss ich stundenlang in der Kirche sitzen, darf mich nicht rühren und soll dauernd beten. „

»Der da,« Mary schaute verächtlich auf das zufrieden nuckelnde Baby, »der kriegt das doch nicht mit, der schläft doch bloß.“

Die Strafe für Mary war noch tagelang zu sehen, feuerrote Wangen von ein paar saftigen Ohrfeigen, verabreicht vom Vater.

Die Wirtschafterin und das Kindermädchen konnten ihre Schadenfreude - Anna gegenüber - nicht ganz verbergen. Anna hörte noch, dass die Wirtschafterin bemerkte, dass Mary jetzt wohl nicht mehr mit in die Kirche müsse, das wäre doch eigentlich ganz schlau von ihr gewesen, oder?

Diese Erinnerung, ein Zwischenfall vor vielen Jahren geschehen, peinigte Anna noch heute. Sie wusste, dass die Kinder sie ablehnten, dass die zweite eine freche Göre war, das war allgemein bekannt.

Und irgendetwas sagte ihr, dass sie auch ein gut Teil Mitschuld an der Geschichte hatte, doch sie war nicht fähig, es genau zu benennen.

Anna war jetzt wieder hochrot im Gesicht, die Scham überflutete sie regelrecht. Dass so eine blöde Begebenheit sie noch heute aus dem Gleichgewicht bringen konnte.

Der Pfarrer nahm jetzt wieder den Faden auf.

»Ja und jetzt reden wir mal von Ihnen. Sie haben doch etwas, was Sie los werden möchten?«

»Ich bin doch mitverantwortlich für die religiöse Erziehung meiner Tochter und Enkelkinder, ich habe es nicht gut gemacht.«

»Sie können nicht alles auf sich beziehen, das ist ein großer Irrtum. Es grenzt schon fast ein bisschen an Größenwahn, dass Sie diese Dinge kontrollieren möchten. Beten Sie um Gelassenheit und Geduld, beten Sie auch um Weisheit.«

Die Worte des Stadtpfarrers bewirkten in Anna ein ganz vertrautes Gefühl, so hatte der Monsignore öfters mit ihr gesprochen. Sie wusste selbst, dass sie streng zu sich, aber auch zu anderen war, sie verlangte von allen sehr viel, nicht nur von sich selbst.

Das hatte Willi öfters gesagt, sie tat es damals immer als Bequemlichkeit ab. Heute fehlte ihr seine ausgeglichene Sicht der Dinge, seine Vermittlung in vielen Konflikten.

»Gott ist die Liebe und er verzeiht, das müssen Sie auch schaffen, Selbstgerechtigkeit ist hier fehl am Platz. Es gibt viele Wege, wie man Dinge anpacken kann, Ihrer muss nicht der einzig richtige sein.

Denken Sie an die Gottesmutter Maria, deren Weg war wirklich nicht leicht. Es ist nicht einfach, sich zurückzunehmen. Vielleicht nehmen Sie diese Anregung mit in ihr Gebet und setzen sich in die Marienkapelle, die Heilige Gottesmutter Maria hat schon viele Mütter getröstet.«

Anna ging aus diesem Gespräch mit gespaltenen Gefühlen zur Familie zurück. Ihre guten Vorsätze hielten diesmal ein paar Stunden länger an, dann glitt sie wieder ins alte Fahrwasser.

Zumindest hatte sie sich entschlossen, zur jüngsten Tochter nach Hause abzureisen, vielleicht schaffte sie es dort, einen friedlicheren Umgang einzuführen.

2. Generation:

Betty in der Sprechstunde bei Georg,

es war ein Notfalltermin

Der Psychiater Georg musste eine Woche zuvor einen Hausbesuch machen, Betty und ihr Mann waren in einem Ausnahmezustand. Ihr älterer Sohn, gerade mal dreißig, war im Schlaf gestorben.

Betty war damals überhaupt nicht mehr ansprechbar, sie hatte eine Beruhigungsspritze bekommen. Edwin, gerade wieder genesen nach einer schweren Krebsoperation, hatte in den letzten drei Tagen eine Flasche Wein nach der anderen getrunken.

Tiefes Mitleid ergriff Georg, der die Familie bereits aus Kriegstagen kannte. Bettys Sohn hatte überhaupt keine Vorerkrankungen gehabt, eine Obduktion war wegen der Versicherungen notwendig geworden.

Georg wusste selbst nicht, wie er mit dem Kummer der Familie und mit seinem eigenen umgehen sollte. Es bedeutete keinen Trost, dass ihnen noch drei Kinder geblieben waren.

Ein Selbstmord wurde ausgeschlossen, es handelte sich wahrscheinlich um ein unerklärliches Herzversagen.

Bettys Augen waren blutunterlaufen, dunkle Tränensäcke entstellten ihre sonst glatten und feinen Gesichtszüge.

»Was soll ich nur machen, was soll ich nur machen?«

»Betty, ihr müsst Euch jetzt erst um praktische Dinge kümmern. Sobald der Leichnam freigegeben wird, müsst ihr Euch um die Bestattung und die Versicherungen kümmern, konzentriert Euch auf das Praktische, das ist alles, was ihr gerade tun könnt. Dein Mann ist noch in der Rekonvaleszenz nach der letzten Chemotherapie, er braucht deine Kraft und deinen Beistand. Was ist mit deinen Kindern?«

Bettys Mundwinkel waren tief nach unten gezogen, ihr Blick starr.

»Was soll mit denen sein? Die ersetzen mir doch nicht mein gestorbenes Kind.«

In ihren wirren Gedanken kam immer wieder die Idee auf, dass ein falsches Kind geholt worden war. Warum nicht der andere, warum nicht die zweite Tochter?

»Betty, mein Sprechzimmer ist voll, ich komme morgen Nachmittag zu Euch.«

Wenigstens hinterließ der Verstorbene keine junge Familie, das war ein ganz rationaler Gedanke von Georg. Er wusste, dass der Sohn der ersehnte erste männliche Erbe gewesen war. Edwin war bei seiner Geburt vor Freude völlig aus dem Häuschen gewesen.

»Hast du noch deine Valium-Tabletten?«

»Ja, ja, die nehme ich andauernd, aber nichts hilft.«

»Besuchen dich deine beiden anderen Kinder?«

Bettys älteste Tochter lebte auch in der Stadt und war normalerweise immer zur Stelle, doch diesmal war sie völlig überfordert von der Situation.

»Was soll ich mit denen? Die verstehen mich doch nicht.«

»Nun, sie haben einen Bruder verloren, oder?«

Ja, das war Bettys wunder Punkt, dieser feste Zusammenhalt der Geschwister, vor allem das Bündnis des Verstorbenen mit ihrer zweiten Tochter. Sie argwöhnte immer, dass schlecht von ihr gesprochen wurde, sie war eifersüchtig und misstrauisch.

Und die letzten Tage vor dem Unglück hatte sie selbst heftige Auseinandersetzungen mit dem älteren Sohn gehabt, es ging um Geschäftsbelange, in die sie sich immer mehr einmischte, obwohl dieser schon längst die Leitung der Firma übernommen hatte. Auf beiden Seiten waren heftige, bittere Vorwürfe gefallen, - die letzten Worte, die sie mit ihrem gestorbenen Sohn gewechselt hatte.

Das fraß an ihr, ließ sie nicht schlafen, machte sie bitter und ungerecht gegenüber dem Rest der Familie. Sie nahm den Kummer ihres Mannes nicht einmal wahr, sie sah nur sich und suchte verzweifelt nach einem Schuldigen für diese Tragödie.

Edwins Lebens- und Geschäftsplanung war zerstört, er dachte oft daran, dass er doch mit dem Sterben dran gewesen wäre, nicht sein Sohn.

Wer sollte jetzt übernehmen? Alles war auf seinen älteren Sohn ausgerichtet gewesen, der jüngere hatte einen anderen Beruf ergriffen und lebte weit entfernt. Seine älteste Tochter mit Mann war für die Leitung nicht geeignet, davon war Edwin überzeugt. Und seine zweite Tochter? Die hatte er gar nicht auf dem Schirm, sie war ebenfalls weit entfernt und hatte ganz andere Berufs-Interessen. Dazu kamen schwerwiegende Umbrüche in der Geschäftswelt, sie hatten erst kürzlich viele Umstrukturierungen vornehmen müssen, die sie vor ernsthafte Liquiditätsprobleme stellten.

Betty und ihr Mann erlebten die Beisetzung wie in einem nicht endenden Alptraum. Es war eine große Feier, im Friedhof drängten sich unzählige Besucher. Betty hatte nicht gewusst, wie bekannt und auch beliebt ihr Sohn gewesen war.

Es fiel ihnen gar nicht auf, dass viele ihnen Unbekannte bei der Beerdigung waren. Dutzende Autos aus der Landeshauptstadt parkten vor der Friedhofskapelle. Eine besonders auffallende Erscheinung war eine ganz in hellrot gekleidete Frau gewesen, das Gesicht von einem roten Schleier verborgen, sie trug auch eine rote Handtasche und rote Schuhe.

Immer wieder schoben sich in diesen Stunden die Erinnerungen an ihren kleinen Bruder Herrmann in ihre Gedanken, beide musste sie begraben, wer war schuld, wer war schuld?

Niemand konnte in dieser Situation helfen oder raten. Bettys Tablettenkonsum wuchs bedrohlich an, stundenweise war sie völlig abwesend.

Edwin raffte sich auf, um sich über die Geschäfts-Situation einen Überblick zu verschaffen.

Mit eiserner Disziplin, trotz seiner geschwächten Gesundheit, traf er notwendige Entscheidungen, führte Gespräche, telefonierte, drohte, bettelte, tat alles, um den Schaden zu begrenzen.

Er neigte nicht zu Grübeleien, aber die letzten Wochen hatten ihn tief erschüttert. Alles woran er fest geglaubt hatte, erwies sich jetzt als unsicher, Gegenwart und Zukunft wie tückischer Treibsand. Er ging seiner Frau aus dem Weg, der gemeinsame

Kummer hatte unsichtbare Mauern errichtet, er hatte keine Kraft mehr, um da ein Loch hineinzuschlagen.

Beinahe rücksichtslos forderte er von seinen anderen drei Kindern totale Unterstützung.

Er fing es nicht gerade geschickt an, sein jüngster Sohn weigerte sich, an Stelle des Ältesten zu treten, zumal er immer die zweite Geige in punkto Wertschätzung gespielt hatte.

Von seiner zweiten Tochter verlangte er aus Geschäftsinteressen hohe Bürgschaften, die weigerte sich ebenfalls, im Ernstfall hätte sie in einer Millionen Schuldenfalle gesteckt, ihre Praxis stand auf schwachen Füßen durch die schwere Erkrankung ihres noch jungen Ehemannes.

Nur die älteste Tochter war zur Stelle und versuchte fast aussichtslos, die Lücke zu schließen.

Aber sie war immer auf der Seite ihrer Mutter gewesen, hatte sämtliche Neuerungsideen vereitelt, war mit ihrer Mutter immer einig, dass alles ausgebremst werden musste.

So verursachte die neue Konstellation tiefe Entfremdung zwischen den Geschwistern. War der gestorbene Sohn das einzige vermittelnde Bindeglied zwischen allen gewesen?

Der Kummer von Mary und ihrem Mann, die ihren Bruder und den Schwager tief betrauerten, dauerte sehr lange. Noch nach Jahren, war immer der Wunsch da, ihn mal schnell anzurufen und etwas zu berichten.

Georg konnte die fatale Entwicklung, die es inzwischen gab, nicht mehr mittragen. Betty hatte sich ganz einem neuen Okkultismus verschrieben, zog ihren Mann immer mehr mit hinein. Sie betraten keine Kirche mehr, auch Edwin wollte von der Kirche oder Religion nichts mehr wissen. Sein christlicher Glaube an Gerechtigkeit war tief erschüttert.

Ein selbsternannter Fachmann für Tonbandstimmen führte jetzt das große Wort bei Betty. Sie bewirtete ihn mit großem Eifer, das war vorher bei niemand der Fall gewesen.

Er gaukelte ihr Jenseitswissen vor, das gipfelte darin, dass sie öfters Mary anrief, um sie vor einem angeblichen Unfall ihres abwesenden Ehemannes zu warnen, dann wieder sprach sie wildfremde Leute an, um Grußbotschaften aus dem Jenseits zu überbringen.

Betty und Edwin versuchten, bei Georg zu missionieren, aber das ging schief. Georg ging zum ersten mal seit über fünfzig Jahren stark auf Abstand. So verlor Edwin, seinen treuesten Freund, in einer Zeit, in der dieser ihn wirklich gebraucht hätte.

Für Georg war die Diagnose klar, aber er betrachtete es nicht mehr als seinen Auftrag, hier ungebeten fachgerecht zu intervenieren, er hatte selbst genug Probleme am Hals.

3. Generation:

Mary unternahm ernsthafte Versuche,

Großmutter und Mutter etwas besser zu verstehen

Die Beschäftigung mit den beiden Mütter-Generationen hatte eine veränderte Haltung bei Mary bewirkt.

Zunächst war da ein tiefes Mitgefühl mit dem Schicksal der beiden. Solche Verstrickungen, sie waren unfähig, sich daraus zu lösen. Von der Ferne betrachtet konnte sie sich dem Mitleid nicht verschließen, ging es aber darum, sich direkt mit ihrem eigenen Leben da hineinzubringen, gab es eine große Sperre, die konnte sie nicht überwinden.

»Ich habe in den letzten Jahren förmlich meinen Schmerz getrunken, ich hatte keinen Platz mehr für Mitgefühle, das hatte mich total besetzt. Das würde besser werden«, diese Zuversicht breitete sich in ihr aus.

Vielleicht war es gar nicht richtig, sich in die Schicksale der Beiden so intensiv hineinzufühlen? Sie konnte ihr Leben nicht abgetrennt von den beiden weiterleben, sie waren vor ihr da gewesen, hatten ihre Gene mitbestimmt und hatten ihr Erleben, ihre Gedanken, ja ihre ganze Prägung maßgeblich beeinflusst.

Was kann ich meiner Tochter weitergeben? Den Wunsch nach Gelassenheit, Aufmerksamkeit, was den Selbstschutz betraf und sich ab und zu einen kleinen Wunsch erfüllen, wenn es irgendwie möglich war.

Das Aufopfern für die Kinder ist in jedem Fall ein Modell, was zum Scheitern verurteilt ist.

Das waren so die Gedanken, die Mary immer wieder durch den Kopf gingen. Natürlich möchte jede Mutter als gute Freundin gesehen werden, will in guter Erinnerung behalten werden. Aber Freundin? Geht das überhaupt? Mary war überzeugt, dass dies eine Illusion war.

Immer wieder ertappte sie sich dabei, wie sie ihren erwachsenen Kindern Ratschläge geben wollte, besorgt wegen ihrer Ernährung, alarmiert war von chronischen Krankheiten.

Das würde eine Freundin doch nur gelegentlich tun, wenn überhaupt. Das Loslassen-Können, das Vertrauen in die eigene Erziehung ist wohl das Schwerste überhaupt, das war ihre Erkenntnis.

1. Generation:

Anna im Gespräch mit der Leiterin des Seniorenheims

Anna hatte ihr zukünftiges Zimmer besichtigt, begleitet von ihrer jüngsten Tochter. Sie war inzwischen sehr schlecht zu Fuß, musste gestützt werden. Die Leiterin fragte Anna, wie ihr das Zimmer gefiele.

Anna warf einen Seitenblick auf ihre Tochter, presste die Lippen aufeinander.

»Es ist sehr klein, ich kann doch überhaupt nichts Eigenes rein stellen.«

»Nun, vielleicht können wir doch Ihren Lieblingssessel oder etwas Ähnliches unterbringen?«

Die Heimleiterin, gewohnt an solche Einwände, war in ihren Gedanken schon beim nächsten Problem.

Tochter Traudl tätschelte den Arm der Mutter.

»Die Kapelle ist nur ein paar Schritte entfernt und der Gemeinschaftsraum mit dem Fernseher ebenfalls. Und ich habe ein paar Bekannte von dir unten im Eingang getroffen.«

Traudl, die von klein auf stotterte, klang ängstlich und sie musste manche Wörter regelrecht ausstoßen.

Jetzt wird doch dem Umzug hoffentlich nichts mehr im Weg stehen? Traudl war tief zerrissen zwischen den Pflichten ihrer Mutter gegenüber und der Unterstützung ihrer eigenen Tochter, bei der Pflege ihres Schwiegersohns, der einen frühen Schlaganfall erlitten hatte.

Anna seufzte und trat ans Fenster. Sie hatte sich einverstanden erklärt, aus der gemeinsamen Wohnung auszuziehen, die Streitereien mit dem Schwiegersohn und den erwachsenen Enkeln waren zum Schluss unerträglich geworden.

Zur ältesten Tochter Bella wollte sie auf keinen Fall – und Betty? Nein, Betty wollte sie nicht auf Dauer haben. Ihre Schwiegertochter war auch keine Option, obwohl ihr einziger Sohn immer noch ihr erklärter Liebling war.

»Nun dann werde ich eben meine letzten Tage hier verbringen.« Das sagte sie laut und vernehmlich. Die Heimleiterin und Traudl wechselten beredte Blicke.

»Es wird Ihnen gefallen, wir machen hier viel gemeinsam und auf das Essen wird großer Wert gelegt.«

»Bist du nun zufrieden Traudl?«

»Ach Mutter, hier geht es doch um dich, nicht um mich.« Das brachte Traudl mit drei Stotteranläufen heraus.

Anna zuckte mit den Schultern und setzte sich schwerfällig in Gang. Sie hatte viel Gewicht zugelegt, das erschwerte das Gehen außerdem.

Betty hatte versprochen, das Mobiliar im Heim zu besichtigen und vielleicht ein passendes Möbelstück beizusteuern. Die finanziellen Mehrkosten für das eigene Zimmer übernahm Betty ohnehin, das hätte Traudl nicht schaffen können.

Außerdem war Bettys Schwiegersohn, Lindas Ehemann in der Stadt, er machte eine Zusatzausbildung als Hospitant bei einem Geschäftsfreund von Edwin. Für den hatte Anna eine Vorliebe, er brachte sie zum Lachen und ab und zu besuchte sie ihn im Geschäft.

Nun, der Umzug war für den nächsten Monat beschlossen und Traudl war erleichtert. Sie hätte nicht mehr lange so weitermachen können, auch ihre Gesundheit war angegriffen.

Anna fand ein wenig Frieden in ihrem neuen Seniorenheim. Sie hatte Gleichgesinnte gefunden, die ihre Bewunderung für den Papst teilten, sie nahm an allen Gottesdiensten teil, und oft wurde sie von ihrem Schwiegersohn Edwin abgeholt, für Besuche bei Bettys Familie. Eine Lungenentzündung, wohl Folge ihrer lebenslang angegriffenen Lunge, beendete Annas Leben, sie war nur wenige Tage krank gewesen.

2. Generation:

Betty fand im Okkultisten einen neuen Familienfreund

Der Tod ihres Sohnes hatte Betty in einen apathischen Zustand versetzt. Das dauerte nun schon über mehrere Monate, sie hatte stark abgenommen, sie zeigte für nichts mehr Interesse. Der Kontakt mit einem angeblichen Theaterdirektor, der sich gleichzeitig als Tonbandstimmen-Spezialist ausgab, brachte ein wenig Bewegung in ihr Gemüt.

Sie ließen Wasser aus dem Hahn laufen und dabei wurden Tonbandaufnahmen gemacht, hier konnte der Spezialist angeblich Stimmen und Nachrichten aus dem Jenseits herauslesen. Auch ein Radio, ein sogenannter Weltempfänger, produzierte im Rauschen der Frequenzen angeblich Nachrichten von den Verstorbenen.

Der massive Widerstand bei ihren jüngeren Kindern hielt sie nicht ab, überall zu missionieren.

Linda, die Älteste, nahm diese neue Marotte hin, ohne aufzubegehren. Edwin, ihr Mann, machte ohne große Überzeugung mit, immer hin und her gerissen von Zweifeln.

Er ließ alles über sich ergehen, er wollte keinen Streit, er war froh, wenn sie damit beschäftigt war.

Der Okkultist, Herr S. erfuhr in langen Gesprächen viele Details der Familiengeschichte. So war es nicht verwunderlich, dass er Grüße aus dem Jenseits von Bettys Eltern, ihrem Bruder Hermann und auch ihrem jüngst verstorbenen Sohn überbringen konnte.

Die Details, die Herr S. erzählte, faszinierten Betty, sie übersah völlig, dass sie das Basiswissen ihm selbst geliefert hatte.

Diese Nachmittage, meistens samstags, waren inzwischen Bettys Lichtblicke. Gegen drei, wenn die Kirchenglocken den Samstag einläuteten, versammelten sie sich zu viert:

Betty, ihr Mann, Herr. S. und dessen Frau, das Tonbandgerät in der Mitte, sie lauschten gebannt. Hier durfte dann niemand stören, alles wurde akribisch aufgeschrieben und später ausgewertet.

Betty klammerte sich eigensinnig an ihre neue Informationsquelle, sie wollte Nachrichten von ihrem Sohn hören, wollte wissen, wie es ihm ging.

Georg, zeitweise informiert, interpretierte das als nicht bewältigte Trauer.

Das nahm geradezu groteske Formen an, inzwischen logierte das Ehepaar S. wochenlang im Haus und wurde gut bewirtet.

Ein neues Krankheitsbild Edwins brachte ein vorläufiges Ende dieser Besuche.

Mary war mit ihm beim Neurologen, dem Nachfolger von Georg gewesen. Die Lähmungen in der Hand und auch zeitweise in den Beinen hatten einen erschreckenden Befund ergeben. Edwin litt an ALS, einer unheilbaren, neurologischen Erkrankung, die rasch fortschritt.

Mary saß wie betäubt im Sprechzimmer, ihr Vater, völlig abwesend blickte aus dem Fenster. Er nahm den neuen Schicksalsschlag nur scheinbar gelassen hin.

Sie bat den Neurologen um ein Gespräch unter vier Augen, den Vater unter einem Vorwand hinausschickend. Der Neurologe, mit ernstem Gesicht, nahm ihr gegenüber Platz.

»Sie wissen was diese Diagnose bedeutet?«

Natürlich wusste Mary das, aber sie wollte dennoch Einzelheiten.

»Wie sieht die Prognose aus, Herr Doktor?«

»Darüber müssen Sie sich bei seinem fortgeschrittenen Alter keine Sorgen mehr machen, er ist doch schon über 80. Unterstützen Sie ihn, bauen Sie einige technische Hilfen wie Treppen- und Badewannenlift ein und sorgen Sie rechtzeitig für eine umfassende Pflege.«

»Soll das heißen, es wird nicht so schnell gehen? Es gab doch Fälle, da hat sich diese Krankheit über Jahrzehnte hingezogen?«

»Ja, aber das sind Ausnahmen gewesen. In der letzten Zeit sind vermehrt ältere Leute damit erkrankt, früher waren das wirklich meist junge männliche Patienten.«

Betty und auch Linda nahmen diesen Befund beiläufig zur Kenntnis, sie ignorierten die notwendigen Konsequenzen, sie waren völlig von der neuen Situation überfordert. Sie glaubten vielleicht, der Neurologe, der für seine genauen Diagnosen bekannt war, hätte sich geirrt?

Mary wollte vor allem ihre Mutter aufrütteln und für jede menschliche und technische Hilfe vorsorgen. Aber Betty reiste mit ihrem Mann in Kur. Es war, als wollte sie Edwins Gangunsicherheit, die Tatsache, dass er nicht mehr selbstständig essen konnte, nicht wahrhaben, als könnte das die Krankheit zum Verschwinden bringen.

Edwin wurde direkt von der Kur in ein neurologisches Großklinikum eingeliefert. Die Stationsärztin, eine Frau mit wenig Feingefühl, zerstörte bei Edwin die letzte Hoffnung. Von diesem Augenblick an konnte Edwin nicht mehr selbst laufen, er wurde rollstuhlpflichtig.

Inzwischen hatte sich Betty einer Geistheilerin zugewandt, von der sie sich einiges versprach.

Linda, ihr Mann, ein zusätzlicher Pfleger und die jüngere Schwester von Edwin übernahmen im Schichtbetrieb seine Pflege. Betty war völlig abgedriftet, sie hatte schon beim Einstellen des Pflegers heftigen Widerstand geleistet, niemand sollte von außen etwas merken. Den Einbau eines Badewannenliftes hatte sie ebenso vereitelt wie den Einbau eines Treppenliftes.

Bei Marys Besuchen mit ihrem Mann gab es nur ein Diskussionsthema. Wie konnte man die anderen entlasten, wie konnten sie ihre Mutter zu einer vernünftigen Haltung bringen?

Linda war nicht in der Lage, sich offen ihrer Mutter zu widersetzen, es kostete sie und ihren Mann enorme Kraft, Tag und Nacht bei dem Kranken zu wachen, er konnte nicht mehr allein gelassen werden.

Katie, Edwins jüngere Schwester war rüstig, aber eben auch sehr betagt, sie meinte wohl, eine Lebensschuld abtragen zu müssen.

Betty schloss sich wieder in ihrem Schlafzimmer ein, taub für die Bitten um eine stundenweise Entlastung für Linda und ihren Mann.

Während Edwin zwei Tage lang im Koma lag, zog sich Betty mit ihrer Geistheilerin zurück.

Der Tod erlöste Edwin nach zweijährigem Leiden, er war bis zuletzt klar bei Verstand, aber völlig bewegungsunfähig gewesen, eingemauert in seinen Körper.

3. Generation:

Mary traf zufällig nach einigen Jahren Georg,

den Freund ihres Vaters und Psychiater ihrer Mutter

Mary räumte ihre Taschen ins Auto, sie hatte beim Supermarkt ihren Wocheneinkauf erledigt.

Plötzlich stand Georg neben ihr, sie hatte ihn nicht kommen sehen, erkannte ihn aber sofort.

Die Jahre hatten es gut mit ihm gemeint, sein weißes Haar leuchtete in der Sonne, sein gütiger Gesichtsausdruck war wie immer, freundlich und zugewandt.

Sie wollte nicht gleich mit der Tür ins Haus fallen, hatte er den Tod ihrer Mutter überhaupt mitbekommen?

»Nun, Sie sind Mary, die Tochter von Edwin, nicht wahr?« Mary war einmal in seiner Sprechstunde gewesen, anlässlich der Silbernen und der Goldenen Hochzeitsfeier war er dabei, sie konnte sich auch noch an ihn erinnern, als sie ein Kind war.

An der Beerdigung ihres Vaters hatte er teilgenommen, bei ihrer Mutter zwei Jahre später, hatte sie ihn nicht gesehen.

»Ihre Mutter ist auch gestorben Mary?«

»Ja, ich wollte Sie schon immer einmal anrufen, aber ich wusste nicht, ob das Ihnen recht gewesen wäre.«

Das war eine lahme Ausrede, Mary spürte sofort, wie er auf Distanz ging.

Von mir braucht er nichts zu befürchten, dachte sie, Neurologen und Psychiater sind nicht gerade auf meiner Besuchs-Wunschliste.

Aber Georg hatte sich wieder im Griff.

»Ich würde gern mehr erfahren, Mary.«

»Sagen Sie doch bitte Du zu mir«.

Sie neigte schon immer zu impulsiven Gesten.

»Haben Sie heute noch etwas vor? Wir könnten zuhause bei mir Kaffee oder Tee trinken? Wir wohnen ja hier gleich um die Ecke«

»Ach, ich habe in letzter Zeit nicht mehr so viel Termine, ein, zwei Patienten besuche ich noch, heute ginge es schon.«

Ein feines Lächeln legte sich auf sein Gesicht. Humor hat er, das muss man ihm lassen, dachte Mary. Sie sagte spontan:

»Fahren Sie einfach hinter mir her, in diesem Wohngebiet verfranzt man sich total, wenn man sich nicht auskennt.«

Wenn ihr Ehemann zuhause sich wunderte, so konnte er es gut verbergen. Er begrüßte Georg, er war kein Unbekannter für ihn, half beim Anrichten des Tees und verschwand diskret.

Georg schwieg und betrachtete die Einrichtung, rührte im Tee und überließ ihr den Anfang des Gesprächs. Alter Fuchs dachte sie, aber ich habe ja auch einiges dazu gelernt.

Sie hegte zwiespältige Gefühle für ihn. Sicher, er war der treueste Freund ihres Vaters gewesen, ehemalige Kriegskameraden, ein Leben lang verbunden. Andererseits war sie sich über seine Rolle bei den Krankheiten ihrer Mutter nie ganz im Klaren gewesen.

Na, er wird mir auch noch heute keinen reinen Wein einschenken.

»Du hast außerordentliche Ähnlichkeit mit Betty, aber das haben sicher schon viele Leute gesagt, bis auf die Größe natürlich, du dürftest gut 20 Zentimeter größer sein.«

»Ja meine Mutter war wirklich keine Riesin«. Dabei musste sie lachen, an den Ausspruch der alten Kinderärztin denkend.

»Ja und Deine spontane, herzliche Art, das ist wohl Erbe der Mutter, aber Edwin war ja auch sehr temperamentvoll, das gab viel Anlass für Reibereien zwischen den beiden.«

»Ach ich glaube, ich habe mehr von meinem Vater, als mir lieb ist, jedenfalls behaupten das alle Geschwister. Aber meine Energie, die habe ich sicher von ihm.«

»Wie ist es Deiner Mutter nach dem Tod von Edwin gegangen?« Ja, dachte Mary, warum weißt du das nicht, immerhin wart ihr über 60 Jahre befreundet, auch meine Mutter mit Georgs Frau, die inzwischen auch gestorben war.

Betty hatte sich nach Edwins Tod irgendwie neu organisiert. Sie wollte nicht in dem großen Haus nachts allein bleiben. Und so hatte sie die Nächte bei Linda im Gästezimmer geschlafen, tagsüber hielt sie sich im eigenen Haus auf.

Es war ja noch Personal da, sie musste nicht viel bewältigen.

»Die Firma wurde im Todesjahr unseres Vaters aufgelöst, das hat sie alle sehr mitgenommen, aber das Hauptgeschäft war nicht mehr zu halten, zu viele Probleme lasteten auf dem gesamten Firmengeflecht.«

Und in den letzten zwei Jahren waren unschöne Zwischenfälle passiert. Betty wollte Mary immer wieder in die Erbforderungen und Auseinandersetzungen mit dem jüngeren Bruder hineinziehen.

Mary hatte schon frühzeitig alle Geschäftsanteile an die Geschwister übertragen lassen, sie wollte zu nichts verpflichtet sein. Ihre Mutter vereinbarte geheime Notartermine mit dem jüngsten Sohn, das hatte sie an Linda vorbei organisiert, sie übertrug ihm immer weitere Grundstücke, die dann bei der Firmenkonsolidierung schmerzlich fehlten.

Da war dann nichts mehr rückgängig zu machen, Mary hatte es ihr einmal in aller Deutlichkeit klar gemacht, was Entrüstung und Weinkrämpfe zur Folge hatte. Aber Mary kannte diese Reaktionen zur Genüge, es belastete sie schwer, aber sie hielt stand, sie ließ sich zu keinen Konzessionen hinreißen.

Aber das alles jetzt Georg zu erzählen, das ging zu weit in ihren Augen, wahrscheinlich interessierte es ihn auch nicht sonderlich.

Georg hielt lange Schweigepausen aus, Mary gelang das nicht so gut, sie wollte aus der Vergangenheit vieles wissen, glaubte auch, ein Recht darauf zu haben.

»Es kann nicht leicht gewesen sein, Freund und gleichzeitig behandelnder Arzt zu sein?«

Da war sie wieder, diese zupackende, direkte Art, die viele Leute vor den Kopf stieß, die sie aber sehr effektiv machte. Sie hat recht, dachte Georg, sie erinnert mich doch sehr an Edwin, die gleiche Art, Dinge beim Namen zu nennen und zum Frontalangriff überzugehen. Aber das hatte er an seinem Freund geschätzt, viele Male wurde er von ihm in Kriegszeiten aus der

Bredouille geholt, ja wahrscheinlich verdankte er ihm auch sein Leben. Das wird wohl auch der Grund gewesen sein, warum Vater und Tochter ständig Kleinkriege geführt hatten, sie waren sich sehr ähnlich.

Georg erinnerte sich an Bettys Klagen über ihre Tochter Mary, deren angebliche Rücksichtslosigkeit, ihre Durchsetzungskraft und ihre ausgeprägte Unabhängigkeit.

»Was war das nur mit meiner Mutter? Sie hatte doch nicht wirklich etwas an der Schilddrüse?«

»Sie war eine geplagte Seele, Mary, sie hat in jungen Jahren viel Belastendes erlebt, es war vor allem psychisch bedingt.«

Georg sinnierte darüber, wie unterschiedlich doch Schwestern sein konnten. Er verglich im Geiste Linda mit Mary, wunderte sich, wie die beiden offensichtlich so gut miteinander auskamen, trotz der ganzen unschönen Umstände.

»Wir hatten damals nur sehr unzureichende Medikamente, es war nicht so wie heute. Und wir haben deine Mutter immer wieder mal aus dem Alltag herausgenommen, wenn es gar nicht mehr ging«, fuhr der alte Nervenarzt fort.

Und du großer Psychiater, hast du auch mal an die Kinder gedacht?

So eine Frage konnte selbst Mary nicht stellen, dafür war sie dann doch zu gut erzogen worden.

Dieser unausgesprochene Vorwurf schwebte zwischen ihnen, Georg war sensibel genug, es zu spüren.

»Für Euch Kinder war materiell gut gesorgt worden, die Kindermädchen und die langjährige Haushälterin waren im

Großen und Ganzen doch ein gewisser Ersatz, mehr konnten wir nicht tun.«

Ja, was hätte Georg noch tun können? Eine Scheidung war damals völlig undenkbar, wäre das für uns besser gewesen? Eine Mutter, die sich dann umbringt, ein Vater, der eine Neue anschleppt?

»Es ist wahrscheinlich anmaßend, jetzt nach zu karten.«

Mary sprach das laut aus.

»Aber wir haben wirklich gelitten, vor allem als Jugendliche. Und vor der Großmutter mussten wir nicht mehr beschützt werden, wir hatten jede Menge Schlupflöcher gefunden.«

»Deine Mutter ist schon seit der Kindheit traumatisierenden Erfahrungen ausgesetzt gewesen. Du erinnerst Dich sicher an einen kleinen Bruder von ihr, der gestorben ist. Ihr wurde der Tod ihres Bruders von der Mutter angelastet, sie war damals sieben Jahre alt. Das war völlig inakzeptabel. Über die Kriegsjahre brauche ich gar nicht zu reden, die haben viele erlebt, manches einzeln, manches gemeinsam, was vielleicht die Sache etwas erträglicher machte. Aber die Zeit ohne deinen Vater in einem fremden Dorf, mit feindseliger Verwandtschaft, das war wohl zu viel für sie. Sie war noch Jahre danach traumatisiert und konnte es nicht mehr verarbeiten. Wir wissen auch nicht, was sie noch als Kind erlebt hatte. Die neueste Forschung aus Kanada geht davon aus, dass der Embryo im Mutterleib schon den Stress miterlebt und dass der sichtbare Spuren hinterlässt. Das kann sich transgenerational bis in die übernächste Generation weitervererben.«

Er fuhr fort:

»Deine Großmutter Anna war, wie ich aus den Berichten entnehmen konnte, keine glückliche oder einfühlsame Mutter gewesen. Was sie erlebt hatte, um so zu werden, wäre jetzt wilde Spekulation. Tatsache ist, dass sie als Mensch mit sich große Probleme hatte, ihre Bigotterie war nur ein Symptom dafür. Da hatte sich schon, wenn du so willst, ein böser Webfehler eingeschlichen.«

Aber dieses Erbe, diese Last, die ziehe ich hinter mir her wie eine Eisenkugel. Nein, nein, ich will jetzt nicht auch noch Psychotherapie von Georg, das hat er nicht verdient, er ist ein alter Mann, vereinsamt nach dem Tod seiner Frau. Das sprach sie natürlich nicht laut aus, aber es lag wie eine Faust auf ihrer Brust.

»Mary, ich war oft nicht glücklich, wie sich das im Laufe der Jahre entwickelt hatte, ich hatte in den letzten zehn Jahren nicht mehr viel Einwirkungsmöglichkeiten.«

Mary hegte jetzt tiefe Zweifel. Er will die Suchtsymptome der Medikamente über all die Jahre nicht erkannt haben? Zuletzt die nächtlichen Angstattacken, die meine Schwester nur mit Mühe beruhigen konnte, die extremen Stimmungsschwankungen, die unberechenbaren, geschäftlichen sinnlosen Aktionen? Vielleicht hatte er wirklich nur noch wenig Kontakt, schließlich war seine Frau in dieser Zeit auch schwer erkrankt.

Ich will doch nicht mit ihm abrechnen, dachte sie. Ich brauche ein paar vernünftige Erklärungen, schieße ich hier über das Ziel hinaus? Tatsache ist, dass ich wirklich bis heute nicht weiß, was eine gute oder schlechte Mutter ausmacht. Ich hatte immer nur mein Defizit auf dem Schirm, ich habe das zu einseitig gesehen.

Ich wusste, dass mir mütterliche Intuition fehlte, ich musste das immer über meinen Verstand aktivieren, so gut es ging.

Die vielen Gespräche mit ihrer Schwester fielen ihr ein. Die hatte andere Erinnerungen an die Kinderzeit als Mary. Linda erzählte oft davon, dass ihre Mutter Verstecken und blinde Kuh mit ihr gespielt hätte, an derlei Spiele konnte sich Mary nicht erinnern. Aber da waren ja auch vier Jahre dazwischen. Da musste sie noch relativ unbeschwert und auch ein bisschen kindlich gewesen sein. Und dachte sie, da hat Lindas Patin sehr viel aufgefangen, Linda war oft wochenlang bei ihr. Mary wurde später zu den Schwestern ihres Vaters geschickt. Sie hatte sich oft mit Linda gestritten, dass Katie eben auch ihre Patin sei, was natürlich nicht der Fall war. Marys Patin war Bella, die älteste Schwester ihrer Mutter, zu der hatte sie überhaupt keinen Draht, noch weniger zu deren Ehemann, dem ehemaligen SS-Mann, der wurde von den Geschwistern geradezu gefürchtet.

Mary schlug einen versöhnlichen Ton an.

»Es ist schön, mit Ihnen über meine Familie sprechen zu können. Manches was Sie sagen, habe ich schon vermutet, es ist wirklich schwer, die eigenen Eltern in einem objektiven Licht zu sehen.«

Und nach einer bedeutsamen Pause:

»Ich bin froh, dass mein Vater so einen guten Freund hatte, er brauchte ihn wirklich. Und seine Erzählungen aus dem Krieg, so lustig und heiter er sie auch darstellen wollte, haben uns nicht täuschen können, dass das wirklich gestohlene Jugendjahre waren. Er hat uns viel zu wenig erzählt. Von seiner ersten russischen Gefangenschaft wissen wir einiges, die zweite ist für uns völlig im Dunkeln geblieben. Da müssen schon seine

Herzprobleme angefangen haben, er war eigentlich sehr robust, er hat vieles aushalten müssen.

Ich weiß, dass Sie am Anfang des Krieges mit ihm in Frankreich waren, daran hatte er nur gute Erinnerungen.«

Georg spürte den Stimmungsumschwung, er glaubte, sie wolle sich für ihre Ruppigkeit entschuldigen. Er fühlte sich beurteilt, im Laufe der Jahre ein vergessenes Gefühl, das ihn jetzt förmlich überfiel. Er war weit davon entfernt, sich darüber zu entrüsten, dafür war er immer noch zu professionell. Aber gerade hier, bei der Tochter von Edwin, wollte er ein bisschen Gerechtigkeit haben, die Ähnlichkeiten zwischen Edwin und ihr aufspüren und er wollte ein wenig Anerkennung und Respekt von ihr.

Es war geradezu unheimlich, wie sie seine Gedankengänge erraten hatte.

»Ich habe den größten Respekt vor der Aufgabe, die Sie sich damals aufgeladen haben, sie waren den beiden persönlich so nah.«

Georg, in seiner versöhnlichen Art, die Dinge zu sehen, ließ den Gedanken nicht zu, dass das schon wieder massive Kritik sein konnte. War der freundliche, unschuldige Blick aus dunklen Augen so gute Schauspielerei? Sie ist vom Fach Georg ermahnte er sich, sie ist viel raffinierter als Betty es je sein konnte.

Und er fühlte sich geschmeichelt, die subtile erotische Anziehungskraft, die von ihr ausging, ließ eine lang vergessene Saite bei ihm anklingen. Mädchen, Mädchen, ich werde nicht den Fehler machen, dich zu unterschätzen, du hast die gleiche manipulative Begabung wie Edwin, dachte er.

Marys Ehemann unterbrach ihre Unterhaltung, es folgte small talk, Georg entspannte sich ein wenig, er konnte auch beobachten, dass Mary ihrem Mann ihre weiche Seite zuwandte. Ach so, dachte er, das geht also auch, da hatte sie wohl doch den richtigen Partner gefunden. Das machte ihn froh, er war unerklärlich dankbar dafür. Dann ist doch nicht alles schief gegangen, sie hatte offensichtlich eine starke Widerstandskraft, und eine gute Menschenkenntnis, genau wie Edwin.

Auf Rückfragen nach seiner verstorbenen Frau und seinem jetzigen Leben reagierte er doch merklich reserviert, ein Psychiater eben, der ein ganzes Leben lang nicht viel von sich preisgeben wollte, sondern nur als `Spiegel` für die Patienten da sein wollte.

»Wir haben gar nicht über Dein jetziges Leben gesprochen Mary«.

»Ich bin zufrieden, uns geht es gut, der liebe Gott hat mir als Ersatz für meine bizarre Kindheit und Jugend einen liebevollen Mann und zwei gute Kinder geschickt.«

Georg blieb förmlich das Wort im Hals stecken.

»Na, wenn Du das so siehst, das ist ja wunderbar.« Die Botschaft war eindeutig, sie wollte nicht von der Gegenwart sprechen, sie schuf ganz klar Distanz.

»Gut, wenn Du das so hinnehmen kannst.«

Die Absicht von Mary glaubte er, verstanden zu haben. Sie wollte die Vergangenheit anscheinend säuberlich von der Gegenwart trennen.

Er konnte das gut nachvollziehen, hier kam wieder seine professionelle Sicht auf die Patienten zum Tragen.

Georg verabschiedete sich, er war aufgewühlt und musste zuhause erst einmal nachdenken, es gab viel Stoff zum Analysieren.

Wollte er nochmals Kontakt mit Mary aufnehmen? Sie hatte trotz aller Fassung sehr mitgenommen gewirkt, das hatte er gesehen.

Ob sie wohl fachliche Hilfe in Anspruch genommen hatte? Er nahm es als ziemlich sicher an, sie war offensichtlich reflektiert genug, um nicht alles allein mit sich auszumachen.

Trauer breitete sich in ihm aus, er wollte sie abschütteln und nicht den ganzen Tag davon überschatten lassen. Und in seiner glücklichen Art, die Dinge positiv zu sehen, sagte er sich, dass wenigstens Mary die Jahre relativ unbeschadet überstanden hatte.

Er hoffte es wenigstens.

MIX

Papier | Fördert
gute Waldnutzung

FSC® C083411

Zeitfracht Medien GmbH
Ferdinand-Jühlke-Straße 7
99095 Erfurt, Deutschland
produktsicherheit@kolibri360.de